Direcció editorial:
Departament de Literatura GE

Direcció d'art:
Departament de Disseny GE

Disseny de la col·lecció:
Manuel Estrada

El 0,7% de la venda d'aquest llibre es destina al Projecte «Mejora de la Calidad y oferta educativa del ciclo diversificado del Instituto Tecnológico de Quiché de Chichicastenango (Guatemala)», que gestiona l'ONG Solidaritat, Educació, Desenvolupament (SED).

2a edició, 19a impressió: juliol 2015

Impressió:
Edelvives Talleres Gráficos. Certificat ISO 9001
Imprès a Saragossa, Espanya

ISBN: 978-84-479-1013-7
Dipòsit legal: Z 2183-2011

FITXA PER A BIBLIOTEQUES

LARREULA I VIDAL, Enric (1941–)
Ala de Corb / Enric Larreula i Vidal ; il·lustracions, Jordi Vila Delclòs. – 2a ed., 19a reimp. – [Barcelona] : Baula, 2015
157 p. : il. ; 20 cm. – (Ala Delta. Sèrie verda ; 3)
ISBN 978-84-479-1013-7
1. Carib. 2. Pirates. 3. Amor. 4. Llibertat. I. Vila Delclòs, Jordi (1966–), il. II. Títol. III. Sèrie.
087.5:821.134.1-3"19"

BAULA

ALA DELTA

Ala de Corb

Enric Larreula i Vidal

Il·lustracions
Jordi Vila Delclòs

1

De com Jacques Lagarden decideix continuar l'ofici del pare

El pare se li va acostar lentament i li va dir:

—D'això, Jacques, hauries de deixar un moment el violí i escoltar-me, que hauríem de parlar d'una cosa important, tu i jo.

El jove va deixar de fer música i va fer veure que s'escoltava el seu pare amb atenció, tot i que ja sabia prou de què volia parlar-li:

—Vós direu, pare.

—D'això, Jacques. Mira, darrerament n'hem estat parlant molt amb ta mare, i tant ella com jo hi patim, perquè no sabem gaire què vols fer. Tant a ella com a mi ens agradaria que et fessis càrrec del negoci familiar. Jo em vaig fent vell, i tots sabem que aquesta nostra feina necessita, sobretot, del coratge i l'empenta de la joventut. I no ho sé, però a tu et veiem distret, com absent, sempre entretingut amb els teus llibres i els teus papers i els teus violins... Ben poques vegades vols acompanyar-me a la feina, com si no t'interessés gaire. Recordo que quan jo tenia deu anys ja vaig començar a anar amb el pare, i al seu costat vaig aprendre l'ofici des de baix, amb l'escombra, que és la primera eina que han d'usar els aprenents. I quan tenia la teva edat jo ja era conegut i respectat per tota la competència, que ja sabem com és d'abundant en la nostra professió. Creu-me, fill, creu-me, t'ho dic pel teu bé: deixa els llibrots que només estan plens de lletres i prou, i posa't a treballar. Pensa que res no ens causaria una alegria més gran, a la teva mare i a mi, que veure't encarrilat d'una vegada, i prenent damunt teu tota la responsabilitat de l'empresa que, primer el teu rebesavi, que al cel sia, va saber aixecar del no-res; que després el teu besavi, que Déu l'hagi perdonat, va saber consolidar en uns moments ben difícils; que més tard el teu avi, que en pau descansi, va saber ampliar tant i tant; que jo mateix, al llarg de tota una vida d'esforç i de sacrifici, he sabut millorar fins a ser l'enveja de tots els del ram; i que ara tu, fill meu, has de saber continuar i augmentar. Pensa que no hi ha indret, per allunyat que sigui, on el nostre nom no sigui conegut; no hi ha port de mar on no sigui famosa la nostra nissaga... I que potser els Lagarden ens hem fet famosos amb els llibres o amb els violins? No, fill meu, no. Ens hem sabut guanyar un nom i el respecte de tothom gràcies al treball callat i pacient de cada dia. Treball fet amb rigor, això sí, que d'això en poden donar fe tots els nostres clients. Creu-me, noi, tu ara treballa. I si a més a més et ve de gust estudiar, que ja és un caprici ben curiós, fes-ho als vespres, després de la jornada laboral, quan arribaràs a casa, potser cansat, però satisfet per haver-te sabut guanyar el pa de cada dia i haver contribuït al fet que el nom dels Lagarden esdevingui llegenda.

El jove Jacques Lagarden va comprendre que se li havia acabat el temps de les líriques i les retòriques i que era arribat el moment d'arremangar-se les mànigues i anar a fer el jornal. Ell prou que hauria preferit quedar-se a casa dedicant-se a les arts o a la contemplació, però la pressió familiar, social i ambiental era tan forta, que no podia eludir allò que tothom deia que era la seva responsabilitat. Per tant, va respondre:

—Pare, estigueu tranquil, que ja em faig càrrec que he de tirar endavant l'empresa familiar. Per tant, des d'ara podeu jubilar-vos quan vulgueu i anar a fer el turista amb la mare. O si ho preferiu, podeu passar-vos les tardes pescant l'esparrall amb una canya i un suro, o fent musclos per les roques, tal com sempre heu dit que us agradaria fer quan tinguéssiu temps. Teniu raó, ara em toca a mi de treure'm la son de les orelles i fer per manera de portar cada dia el plat a taula. S'ha acabat! Jo també deixaré ben alt el nostre cognom, podeu comptar-hi! Des d'ara mateix deixo de dir-me Jacques Lagarden i adopto el nom de guerra Ala de Corb!

—Fill meu! Jaumet, fill meu! —va cridar el pare amb els ulls plorosos per l'emoció—. No saps l'alegria que em dónes. Ara veig que el nostre nom es perpetua, i que tot l'esforç fet pels nostres avantpassats no ha estat endebades. Una abraçada!

I van estar allà abraçats i donant-se copets a l'espatlla una bella estona. En acabat el pare va dir:

—Conxo!, per fi podré mirar-me les coses com tothom i treure'm aquest coi de pegat que he dut a l'ull durant tants anys per continuar la tradició familiar.

I es va deslligar la veta que durant prop de quaranta anys li havia aguantat un drap negre damunt de l'ull esquerre, no perquè hi tingués cap mal, no, sinó perquè hi ha certes feines, i sobretot certs càrrecs, que demanen un cert rigor en la indumentària.

El que passa és que, en treure's el pegat, es va adonar que pel mateix preu veia molt millor les coses, i llavors es va posar tan content que va saltar d'alegria. I aquest va ser el motiu de la seva desgràcia, perquè com que, de resultes d'un dissortat cop de sabre, des de feia molts anys en comptes de cama dreta duia un piló de fusta, a causa del salt el piló se li va clavar a terra amb tanta força, que van haver de ser quatre a estirar-lo, i potser això va fer perdre una mica de solemnitat a l'esdeveniment.

Durant dos dies i dues nits el rom va córrer generós per l'illa de La Tortuga. La mateixa Gran Germandat Filibustera va repartir-lo de franc entre tots els seus socis i simpatitzants. (Això de la Gran Germandat Filibustera era una mena de sindicat on estaven afiliats tots els pirates de La Tortuga i que regulava els seus contractes de treball i la part del botí a repartir que tocava a cadascú segons mèrits i jerarquies.) A l'illa tothom volia celebrar el fet que el noi dels Lagarden volgués continuar amb la feina de pirata.

És clar que en aquell agitat any de 1680, quina altra feina hauria pogut fer un home que visqués allí? Perquè a l'illa de La Tortuga tothom, tothom era pirata, o treballava d'una manera o d'una altra per als pirates. Però ja se sap, el cas era celebrar alguna cosa, si no, la vida, què seria?

A més, els Lagarden no eren uns pirates qualssevol; els Lagarden eren els Lagarden, i als Lagarden tothom els admirava.

Hem de tenir en compte que ja el rebesavi del jove Jacques, el famosíssim Piérre Lagarden, nascut a Orleans, tot fugint de les guerres religioses de França, l'any 1575 va anar a parar a les Antilles. Instal·lat al cap de poc a l'illa la Hispaniola, es va convertir en bucaner, és a dir: caçador i criador de porcs assilvestrats, la carn dels quals venia als nous colons i navegants. Però els espanyols no van trigar a expulsar i a eliminar els bucaners de totes les illes on s'havien instal·lat. I llavors, Piérre Lagarden i altres bucaners supervivents es van refugiar a la inexpugnable illa de La Tortuga, tots els habitants de la qual, com a venjança, van acabar dedicant-se a robar i a saquejar les colònies i els galions espanyols que, carregats d'or americà, tornaven a Espanya.

Piérre, convertit ja en ferotge pirata, va canviar-se el nom per un altre de més entonat amb la seva professió, i des d'aquell moment va ser conegut per Boca de Corc, el terror del Carib. D'esperit independent, no va voler treballar mai per altri. I tot i que això el va obligar a començar tot sol, des de baix i amb una trista barqueta de rems, aviat el seu coratge va fer-lo popular per totes les cales i badies de les illes del voltant. Ben aviat va créixer en fortuna i prestigi. Llàstima que una tarda, en havent dinat, i quan ja li faltava poc per jubilar-se, Boca de Corc va morir d'un parell de canonades ben encertades a la boca de l'estómac, que li van engegar amb notable punteria des d'un galió espanyol que sempre l'empaitava i la hi tenia jurada!

Però el noble llinatge va continuar amb el besavi: Jean Martin Lagarden, conegut amb el sobrenom de Barba de Boc, el terror de les Antilles. El qual va acabar posseint un bergantí lleuger com una gavina. I al capdavant d'una colla de fidels filibusters va prendre part en les rampinyes més famoses que es van portar a terme a Cuba, Panamà i Maracaibo. Oh!, Maracaibo, Maracaibo! Allò sí que eren rampinyes... Llàstima que Barba de Boc, en el millor de les seves facultats, va ser tallat a rodanxes a cops de sabre, i a traïció, per un altre filibuster amic seu, que no va perdonar-li mai que sempre el guanyés en les partides que feien al set i mig!

Però no es va estroncar per això tan brillant nissaga, ans al contrari, ja que l'avi: Marcel Lagarden, conegut per tothom amb el motiu de Gola de Llop, el terror del Tròpic, va ser capaç de les més grans proeses. Entre elles la d'assaltar, només amb vint-i-cinc homes decidits a tot, tota una esquadra reial carregada de lingots d'or, i deixar amb calçotets al mig de l'oceà el mateix almirall de l'esquadra, l'odiat Fadrique de Toledo y de Mendoza. Noble empresa, aquesta, que el va immortalitzar, tal com ho demostren les més de cinquanta cançons de taverna que sobre ell i les seves gestes cantaven tots els filibusters en tots els tuguris i antres de vici i perdició que hi havia al segle XVII de les Bahames a les Barbados. Llàstima que, en el punt àlgid de la seva fama, Gola de Llop va morir devorat pels taurons a causa d'un estúpid i imperdonable descuit mentre, des d'una barca estant, s'estovava un ull de poll en les aigües càlides, nítides i màgiques del Carib!

Però no per això es va oblidar el nom dels Lagarden, no, ja que el pare: François Lagarden, més conegut per Pota de Pop, el terror del Golf, per lluitar contra Espanya i continuar saquejant els seus combois, va saber aliar-se, quan li va convenir, amb holandesos i anglesos, dels quals fins i tot va arribar a obtenir una certa protecció. I gràcies a la seva diplomàcia, unida a una temeritat sense límits, fins i tot en època de crisi, va poder augmentar clientela i patrimoni.

No era estrany, doncs, que a La Tortuga tothom celebrés com una cosa pròpia la continuïtat dels Lagarden, de tant com s'havien fet estimar i respectar per tota la comunitat.

De les dones de la família Lagarden, la història no n'explica res, cosa bastant normal en les històries de pirates, oi? Anaven així les coses...

2

De com Ala de Corb aprèn l'ofici de seguida sense renunciar a la seva personalitat

Ala de Corb, bon fill i responsable com era, des del moment que va fer-se càrrec de l'empresa familiar va procurar en tot moment estar a l'altura que exigia la fama dels qui l'havien precedit. Estava totalment disposat a no escatimar esforços i a suplir amb habilitat i coratge tot el que encara pogués faltar-li d'experiència.

Tenia a favor seu que no havia de començar de zero, com han de fer tants altres que s'inicien en aquest ofici. Ja que, d'entrada, va fer-se càrrec de la *Dragonera*, la corbeta del pare, més nedadora que una onada, de més de cent peus d'eslora i vint de mànega, de tres pals i unes veles esteses com les ales d'un pelicà, i amb un canó a babord i un altre a estribord, per fer abaixar els fums, si calgués, a tots aquells que no es deixessin espoliar per les bones, que sempre hi ha gent que...

A més a més, el pare, sobretot al principi, sempre va saber aconsellar-lo. Encara que, ben aviat, Pota de Pop, veient que el negoci estava en bones mans, va acabar retirant-se del tot, amb l'excusa, segons va dir, que tant de mar no li anava bé pel reuma. Va passar, però, que com que tota la vida havia estat un home d'acció i no sabia estar-se a casa sense fer res, finalment es va engrescar amb la dona, i entre tots dos van muntar una mena de fabriqueta, res, no gran cosa, de pilons de fusta i de mans de ganxo.

Però la gran sort del jove Ala de Corb va ser que des d'un principi va poder comptar, amb tot i per tot, amb l'amistat i l'acceptació incondicional dels disset homes de la tripulació del pare, i que van voler continuar amb el fill perquè en el fons eren uns sentimentals i ja eren molts anys de treballar a la mateixa casa. Disset amics, disset companys, disset ferotges filibusters colrats pel sol majestuós del Carib i el mar dels Sargassos, disset espases alçades en el moment de la lluita, disset gerres de rom sempre a punt de celebrar les victòries, disset homes delitosos d'aventures, disset caps sempre engrescats, sempre il·lusionats a descobrir els misteriosos tresors amagats que hi podia haver escampats per aquelles illes paradisíaques...

Podem dir, però, que de tots els homes de la tripulació, el vell lloctinent George Harret, més conegut per Fetge de Rajada, va ser l'autèntic mestre d'Ala de Corb. D'ell, el noi va aprendre aviat tots els secrets del navegar i totes les estratègies de la lluita. Gràcies al seu inseparable lloctinent, Ala de Corb va aprendre a llegir en les ones, els núvols i les estrelles amb la mateixa facilitat que abans ho havia fet en els llibres i documents que aconseguia recollir producte de l'espoli de les biblioteques dels vaixells capturats.

Durant els primers temps del seu aprenentatge, Ala de Corb, ensinistrat i aconsellat pels seus homes, es va limitar a mantenir els clients del pare. Va resseguir les mateixes línies de cabotatge establertes, va atacar els mateixos ports, va espoliar els mateixos mercants, etc. Però, a mesura que anava adquirint un cert rodatge se li anava perfilant un estil propi i es tornava més i més agosarat.

Reunia, certament, una sèrie de condicions que no és freqüent trobar juntes en una sola persona. Era jove, fort, ben plantat, valent com cap altre, comprensiu, generós i d'una gran cavallerositat en el tracte. Sobretot, no cal dir, en el tracte amb les dames. Marededéu, marededéu, en el tracte amb les dames!... Es pot dir que, en el tracte amb les dames i les damisel·les, la personalitat d'Ala de Corb arribava al més exquisit perfeccionament. Només us diré que, ser assaltat per ell, va acabar essent el millor al·licient que la navegació per aquelles costes podia oferir a les sempre avorrides dames de la noblesa colonial. Diuen que fins i tot hi va arribar a haver dames que es buscaven mil excuses per emprendre un viatge només per l'esperança de ser assaltades per Ala de Corb. Fins i tot diuen, encara que és molt probable que no sigui cert, que, d'una manera clandestina, hi va haver algú que va organitzar una mena de viatges turístics de l'època, preparats i organitzats, amb la garantia d'un abordatge assegurat per part del mateix Ala de Corb en persona.

És curiós de destacar, però, que a mesura que el jove anava guanyant punts en l'admiració de les dames i damisel·les de les noves ciutats caribs, els seus enriquits marits anaven tement-lo i odiant-lo més i més. Governadors, almiralls, diplomàtics i militars, nobles i terratinents, clergues i comerciants, veien perillar els seus interessos econòmics enmig del concert de sospirs de les seves dones i filles casadores.

Aviat la seva fama es va estendre als quatre vents engrandida i magnificada pel seu cognom. I els vaixells mercants espanyols es van tornar més pru-

dents i les naus de guerra espanyoles es van tornar més vigilants.

Però per més que els soldats espanyols feien per atrapar-lo, mai no ho aconseguien. Sempre, en l'últim instant, quan ja el tenien a tret de canó, Ala de Corb se'ls tornava a escapar darrere d'una onada, o d'una roca, o d'un banc d'esculls coral·lins.

Malgrat la destresa que Ala de Corb va adquirir en la seva feina, però, mai no va abandonar les seves autèntiques afeccions. Així, tot i que a causa de l'ambient social en què havia nascut i s'havia criat, mai no havia pogut tenir estudis, el seu refinament personal, la seva intuïció i la seva voluntat d'autodidacte, que tant l'havien ajudat quan era jovenet a aprendre a llegir, van decantar-lo de gran cap a les arts més nobles.

Per això, el conreu de la música i de la poesia va continuar ocupant-li les seves hores vagaroses tant si es trobava enmig de les tempestes ciclòniques del Carib com sota la lluna tranquil·la del plàcid mar tropical. Era una ànima melancòlica i sensible, ja dic.

A les tardes rumiava versos i intentava practicar tant com podia amb el seu violí. I malgrat que tocava d'oïda, a base de pràctica va aconseguir de tocar més o menys la tonadeta de les corrandes de taverna que havia sentit cantar als pirates. Però és clar, allò no era prou per a ell. Ell hauria volgut poder estudiar, seguir uns cursos de perfeccionament, dedicar-se a la composició i l'harmonia, fer l'ESO i el Batxillerat de l'època, poder fer una carrera d'humanitats... Però, naturalment, allà, a l'illa de La Tortuga, els valors que predominaven eren el cop d'espasa i la canonada seca. I aquest ambient no era el més adequat perquè el jove pogués desenvolupar totes les seves capacitats creatives. I ell ho sabia i hi patia.

Els seus homes, quan el sentien amb el nyigonyigo del violí, o el veien amb els ulls perduts a l'infinit, no hi entenien ben gota i arrufaven el nas, però com que després, a l'hora de repartir garrotades el seu jove capità semblava un matalasser, el respectaven i el deixaven fer.

Fins a un cert punt, és clar, perquè el dia que els va reunir a la coberta i els va dir que havia pensat de muntar amb ells una coral i cantar una cançó molt maca que se li havia acudit, que deia: «El meu avi va anar a Cuba a bordo del...», els seus homes van dirli que no, que la idea ja era bona, però que ara no podia ser perquè tenien tanta feina a recosir les veles que, ves per on, s'havien descosit pertot arreu.

I Ala de Corb va continuar llegint els llibres dels vaixells que assaltaven i somiant que algun dia s'arribaria a algun d'aquells ports fortificats de les colònies espanyoles per veure com viu la gent refinada de la cort. I aquest dia...

3

On Ala de Corb aconsegueix un dels seus somnis

Però com que ja se sap que allò que pot ser bo per a uns, pot no ser bo per a d'altres, resulta que l'habilitat i els èxits piràtics d'Ala de Corb van acabar traient de polleguera el governador de l'illa del Santo Espíritu, el noble Don Hernando de la Fuensanta y de Somoza, que no comprenia com un miserable pirata, a bord d'una no menys miserable corbeta, podia fer anar de corcoll el bo i millor de la seva flota de guerra. I per aquí no estava disposat a passar-hi.

Per això un dia va reunir a casa seva els oficials de la flota, sota el comandament de l'almirall Don Fernando de la Vega, i els oficials de la guarnició de la colònia, sota les ordres del coronel Don Francisco de Palma Guzmán, i els va exigir el cap d'aquell pirata a qui tothom ja anomenava Ala de Corb, el terror del mar.

I la cacera sense treva, va començar.

Un dia que, precisament, els pirates es trobaven prop de les costes de l'illa del Santo Espíritu, van ser descoberts per dues naus de guerra espanyoles, les quals van perseguir-los d'una forma acarnissada. La *Dragonera* volava tallant les ones, però aquelles naus enemigues eren lleugeres com ella i amb una capacitat de foc molt superior. Era impensable fer front a tants soldats ben armats com els empaitaven. I fugir era difícil, perquè la distància que els separava cada cop s'anava escurçant més... Calia fer alguna altra cosa i de seguida.

Fetge de Rajada i Ala de Corb es van reunir al pont de comandament, van parlar i van mirar les veles esteses de les dues naus enemigues. Després van mirar la costa llunyana i aviat es van decidir: anirien cap a la costa. Tot i el perill que això comportava, potser allà, entre aquell laberint de roques i esculls, els podrien desorientar. La idea era força arriscada, però no semblava haver-hi cap altra solució: o se la jugaven entre les roques, amb el perill d'embarrancar i anar cap al fons, o plantaven cara, sense cap possibilitat d'èxit, a les naus perseguidores.

Fetge de Rajada va fer-se càrrec del timó, la seva llarga experiència en els més durs embats així ho aconsellava. Els homes van multiplicar els seus esforços per coordinar-se amb precisió i van orientar les veles cap a la nova direcció. Ala de Corb es va abocar a la barana de proa per donar instruccions. Els roquissers de la costa, on les onades s'estavellaven aixecant parets verticals d'escuma, eren cada cop més a prop.

Tot d'una, una columna d'aigua es va aixecar a menys de deu braces de la *Dragonera* i immediatament es va sentir el retrunyir d'un canó disparat a no gaire distància. Els espanyols havien entès la maniobra i no estaven disposats a permetre-la.

—Afluixeu vela! Deu graus a babord!... A estribord, ràpid!... —cridava Ala de Corb tot sortejant les roques poc profundes.

Ara a dreta, ara a esquerra, les columnes d'aigua de les canonades enemigues anaven dibuixant l'itinerari de la *Dragonera*. Aviat aquestes columnes d'aigua es van barrejar amb les parets d'escuma que pujaven del xoc de les ones contra les roques, i el retruny de les canonades es va confondre amb el bramul de l'aigua estavellant-se contra la pedra. Ruixats pels esquitxos i amatents a les ordres del seu capità, els pirates miraven temorosos aquell fons marí, transparent a causa de la seva poca profunditat, on es manifestaven les mil formes distintes del corall i de l'anemone.

Jugant-se-la, endinsant-se més i més en aquell laberint d'esculls, no van trigar a quedar protegits del foc dels canons per una cadena de petits illots.

Les dues naus espanyoles, amb més calat que no pas la *Dragonera*, no es van atrevir a ficar-se enmig d'aquella zona tan perillosa de roques i d'onades. I es van esperar ancorats tranquil·lament a poca distància dels esculls. Els pirates hi havien entrat, però ja no en sortirien...

Per als tripulants de la *Dragonera* semblava que, de moment, el perill imminent d'anar a parar al fons, a causa d'una canonada, havia passat. Ara només quedava el perill d'anar-hi a parar si s'esberlava la quilla contra les roques. Allà, en aquella zona convulsionada del trenc d'onada contra els roquissers, era molt difícil maniobrar; per tant, calia endinsar-se més, arribar a la costa, i buscar entre els espadats alguna petita cala on poder arrecerar-se i esperar.

A poc a poc, ajudant-se de perxes, quan la proximitat amb les pedres cantelludes així ho feia necessari, deixant-se dur per l'onada o esquivant-la si era menester; amb els cinc sentits desperts i amb l'ai al cor a cada instant, van deixar enrere aquella primera barrera d'esculls i van endinsar-se en unes aigües més somes i més tranquil·les que batien més suaument contra la costa de parets verticals i retallades.

Van anar resseguint a poc a poc aquells espadats impressionants fins que van arribar a una petita platja amb palmeres. Allò semblava un bon refugi, almenys durant el temps que les naus espanyoles els estiguessin esperant a mar obert.

Des del mar no els podrien descobrir, una barrera d'esculls els ocultava. El problema era que els descobrissin des de dalt dels espadats. És per això que Ala de Corb va decidir, per precaució, cobrir tant com va poder la corbeta amb fulles de palmera.

En principi els pirates no ho volien, perquè deien que allò acabaria semblant el Diumenge de Rams, i que no feia per a pirates tan terribles com ells. Però Ala de Corb els va fer veure que potser allò anava per llarg, i que no podien permetre's la imprudència de ser descoberts des de dalt.

I mira, amb tanta cara de fàstic com vulgueu, però els homes van acabar anant a tallar fulles grosses i a cobrir la nau com van poder, de tal manera que vista des de dalt podia semblar un illot amb palmeres, com tants altres n'hi havia.

I es van esperar tot bevent rom, jugant-se les seves pertinences a daus i barallant-se a garrotades i a cops d'espasa, no pas perquè estiguessin enfadats, no, sinó perquè era l'única manera que sabien per aconseguir no avorrir-se.

Ala de Corb i Fetge de Rajada van preferir inspeccionar una mica els rodals per comprovar a quin lloc de la costa havien anat a parar. Per això van arribar-se a la platja amb la barqueta, i un cop allà es van enfilar per una barrancada que va dur-los fins a dalt de tot dels penya-segats.

Llavors van caminar una mica i, en remuntar un turó, van veure a baix, a unes dues milles lluny, en una badia tancada i protegida per torres de defensa, Puerto San Roque, la principal ciutat de l'illa del Santo Espíritu i de tot aquell rosari d'illes i illots menuts.

—Que veus el mateix que veig jo? —va dir Ala de Corb amb un somriure als llavis.

—Em sembla que sí, capità —va dir el lloctinent—. És Puerto San Roque, on viu el governador. I si ens hi arribàvem?

—Vols dir que no hauríem de dir alguna cosa als nois?

—Deuen estar tan entretinguts bevent i fent gresca, que ni ens trobaran a faltar.

—Au va, doncs —va dir Ala de Corb—. Anem a donar un tomb per la ciutat.

Es van treure el mocador del cap, l'arracada de l'orella, les armes grosses, i van embolicar-ho tot amb una faixa i ho van ocultar sota un arbre que podien reconèixer. Després, sense cap pressa, van anar baixant fins a les muralles de la ciutat de Puerto San Roque i hi van entrar barrejats amb la gent que anava i venia amunt i avall.

Puerto San Roque era la capital administrativa d'aquella extensa zona de les Índies Occidentals espanyoles; per tant, era on vivia el governador Don Hernando de la Fuensanta y de Somoza, l'enemic mortal d'Ala de Corb i de tots els pirates del Carib, que tantes pèrdues ocasionaven als galions que transportaven l'or de les terres americanes cap a Espanya. No era estrany, doncs, que tant per terra com per mar la ciutat estigués fortament protegida per soldats.

Ala de Corb i el seu lloctinent van passejar per aquells carrerons bruts i atapeïts de gent de tota mena: mariners, pescadors d'esponges, militars, traficants d'esclaus, borratxos, plantadors de sucre i de tabac, jugadors, captaires, aventurers, malfactors i comerciants enriquits per aquell espoli constant de les terres descobertes.

—Capità, entrem a remullar-ho? —va dir Fetge de Rajada estirant Ala de Corb cap a dins d'una taverna.

—Entra-hi tu —va dir aquest—, jo preferiria comprovar una cosa. Espera'm a la taverna que ja et passaré a recollir.

I es van separar. S'havia anat fent fosc. Ala de Corb va anar tirant amunt per aquells carrers de forta pujada fins a arribar a les envistes del palau del governador. El palau estava protegit per una altra muralla, i tant a les cantonades com a la porta principal es veien soldats vestits de gala fent guàrdia. Hi devia haver alguna recepció a palau, perquè anaven arribant cotxes de cavalls i en baixaven nobles i aristòcrates ben empolainats i amb perruques i casaques, agafats del bracet de les seves esposes o acompanyants, que lluïen vestits caríssims i joies espectaculars.

Ala de Corb s'ho mirava tot des de fora protegit per l'ombra d'un mango enorme i, potser per una qüestió de deformació professional, però el cas és que, sense adonar-se'n, va començar a fer càlculs de com s'ho podrien fer ell i els seus homes per rampinyar totes les joies que duien aquella colla de senyorassos. De fet, era del tot impensable atacar el mateix palau del governador amb tota aquella soldadesca que hi havia, però ja se sap que, quan un té vocació...

Tot i amb això, Ala de Corb va comprendre que, allí, no hi tenia res a fer. I ja estava a punt de tornar a la taverna on l'esperava el seu lloctinent, quan va arribar un nou carruatge no gaire luxós, del qual van baixar quatre músics: un amb un violí sota el braç, un altre amb un violoncel, un tercer amb un oboè i un quart que no duia res, potser perquè l'instrument ja era dins del palau. Ala de Corb va quedat petrificat, aquells eren músics de debò, i ell, de músics de debò, no n'havia vist mai, com qui diu. I segurament que anaven al palau a fer-hi un concert de debò, i ell, de concert de debò no n'havia sentit mai cap, tant com li agradava la música...

El seu cor es va començar a accelerar amb força, hauria donat qualsevol cosa per poder assistir a aquell concert... I si hi anava?... I si s'esquitllava al palau del governador?... Però com? No podia entrar-hi vestit d'aquella manera, encara que provés de saltar la tàpia per evitar el control de l'entrada, vestit com anava seria descobert de seguida i detingut, i si algú descobria la seva autèntica personalitat seria tancat al calabós i penjat d'una forca l'endemà mateix.

No, no, havia d'entrar-hi vestit, vestit... I va mirar a dreta i esquerra... Potser vestit com aquell senyoràs de la casaca vermella que s'acostava a la porta del palau...

—Monsieur! Ai... Senyor!, senyor! —va dir ràpidament canviant de llengua. Ja se sap que els bons pirates del Carib d'aquella època aprenien a parlar diversos idiomes de tant tractar diferents clients.

—Que és a mi?

—Sí, mireu, és que jo caminava darrere vostre i m'he trobat a terra aquesta bossa de monedes d'or i m'ha semblat que podria ser vostra.

—I tant que ho és! A veure, doneu-me-la.

—Sí, senyor —va dir Ala de Corb fent veure que li allargava la bossa, però en realitat se li va posar al darrere i el va empènyer cap a la zona d'ombra de sota l'arbre.

Al cap de dos minuts tornava a aparèixer Ala de Corb vestit amb la indumentària del senyor de la casaca. Mentre, aquest, lligat amb els seus propis mitjons i emmordassat amb els seus propis calçotets, s'esperava d'allò tan tranquil·let darrere d'una tàpia.

Ala de Corb no va gosar entrar al palau per la porta, per por de no ser descobert. Va preferir saltar la muralla, tot pensant que, un cop a dintre, amb tanta gent, seria diferent.

I així ho va fer.

Quan va sortir de darrere de les mates on havia caigut, es trobava en el jardí de palau envoltat per una multitud ostentosa i presumida que reia i parlava sense parar. Entremig de la gent, uns esclaus negres amb perruques blanques i vestits elegantment repartien copes de vi i licors a dreta i esquerra.

Ala de Corb intentava passar discretament entre els convidats, tot i que era difícil, perquè, malgrat que la casaca li anava molt ampla i l'enorme perruca no l'afavoria gens, la seva natural altivesa i elegància de moviments no van passar desapercebudes a moltes de les dames de la noblesa local, que no tenien altra feina a fer que observar el que feien els altres i criticar sense parar.

A algunes d'aquelles senyores Ala de Corb els despertava força interès. No l'havien vist mai i... Devia ser ric?... Podrien casar-hi la filla?... Devia ser noble?... Devia tenir bones rendes?... Vindria directament de les Espanyes?... Sabria quina era l'última moda en el vestir de les dames de la noblesa castellana?... Que potser era un diplomàtic?... Un hisendat?... Un militar?... Però, a més a més, aquell personatge els recordava algú... Pensem que algunes d'aquelles senyores havien estat robades per Ala de Corb, el terror del mar, en persona; és clar que vestit d'aquella forma no podien reconèixer-lo de cap manera.

Ell esquivava converses i eludia presentacions, amb la qual cosa s'envoltava d'uns aires de misteri que el feien encara més atractiu.

I va arribar el senyor governador Don Hernando de la Fuensanta. Tothom el va aplaudir i ell va saludar. Després tothom va anar passant en una gran sala plena de cadires, on ja hi havia els músics asseguts davant de tot. Tothom va anar seient i llavors va començar el concert de música de cambra.

Ala de Corb estava emocionat. Era la primera vegada que presenciava un concert de debò. Els seus ulls no es perdien detall de com feia anar els dits el que tocava el violí, i hauria escanyat una senyora grossa que tenia al costat i que no parava de ventar-se i de fer soroll.

Un cop es va acabar el concert hi va haver un sopar excel·lent, i, noi, allò del sopar tampoc no va voler-s'ho perdre, perquè, és clar, entre una cosa i l'altra, li havia anat agafant una certa gana, i allà es menjava garrí al forn i gall dindi amb pebrots i blat de moro.

Però com que una senyora que va seure al seu costat no parava de preguntar-li qui era i d'on venia, Ala de Corb, per no despertar sospites, va acabar dient-li que era un ric comerciant d'origen francès, establert a Panamà, que visitava l'illa del Santo Espíritu en prospecció de possibles negocis.

Però aquella bona senyora no parava de fer-li preguntes i més preguntes, sobre quins tipus de negocis, sobre on s'hostatjava, que possiblement el seu marit podria ajudar-lo, perquè estava molt ben introduït entre la noblesa local, i només que ella li ho digués..., etc. I Ala de Corb va creure que havia arribat el moment de tocar el pirandó, no fos cas que aquella senyora encara acabés comprometent-lo. Ell ja sabia el que més li interessava: el governador feia una festa de societat al seu palau el primer diumenge de cada mes, i hi tocaven músics de debò.

Ala de Corb va sortir dissimuladament al jardí, i d'allí va saltar la tàpia i va córrer carrers avall fins a la taverna on l'esperava el seu lloctinent.

Però Fetge de Rajada no l'esperava, senzillament dormia la mona entremig dels bocois. Ala de Corb el va despertar com va poder, però com que encara anava vestit com un senyor, l'altre no el reconeixia i només volia robar-li tot el que portava i prou. Ala de Corb el va haver d'arrossegar a fora i remullar-lo amb aigua, perquè l'altre tingués les idees una mica clares.

I després, a córrer muntanya amunt, pel camí per on havien vingut.

Però molt abans d'arribar a la barrancada que baixava fins a la platgeta on tenien amagada la *Dragonera* van veure que els setze homes de la colla baixaven cap a la ciutat armats fins a les dents, disposats a enfrontar-se amb qui fos per alliberar el seu capità i el lloctinent. No en vulgueu més d'abraçades i abraçades.

I com que ja eren allà, a mig camí, per no tenir la sensació d'haver perdut el temps, els homes van decidir arribar-se fins a la ciutat a robar una mica i prou. Ala de Corb els va demanar que sobretot procuressin de no ser descoberts, perquè aquell camí ell pensava fer-lo servir moltes altres vegades.

Ell i Fetge de Rajada van arribar a la *Dragonera*, i al cap de dues hores hi arribaven els homes de la tripulació carregats com si vinguessin de l'híper.

Encara es van estar una setmana aturats i amagats en aquella caleta i coberts de fulles de palmera i herbes diverses, perquè, darrere els esculls, les naus de guerra espanyoles els buscaven, i per la costa passaven, de tant en tant, patrulles de vigilància. Però finalment les naus perseguidores van marxar i ells ho van aprofitar per tornar a la seva base segura de l'illa de La Tortuga.

4

Ala de Corb fa un cop de cap

Però, des d'aquell dia, algunes coses van canviar.

Una tarda Ala de Corb va reunir els seus homes a coberta i els va dir:

—Nois, hi he estat rumiant i rumiant i finalment m'he decidit a rebre classes particulars de violí dos cops a la setmana. Per tant, em convindria anar a Puerto San Roque els dimarts i els dijous a la tarda a rebre'n lliçons.

—Visca!!! —van exclamar tots els pirates com un sol home.

De fet, a ells, els era absolutament igual que el seu capità aprengués o no a tocar el violí, però la idea de passejar dues tardes a la setmana pels carrers d'una ciutat on hi havia tantes coses per robar els animava d'allò més.

I van tornar a Puerto San Roque.

Ara ja era molt diferent de la primera vegada. Ara sabien per on navegaven: havien descobert un pas entre els esculls i només era qüestió de seguir-lo amb atenció.

Van arribar a la caleta, van ocultar la *Dragonera* amb les mateixes fulles de palmera de l'altra vegada i cap a la ciutat falta gent! Ala de Corb els va recomanar tota mena de prudència perquè no els descobrissin i es van separar, els homes cap a les tavernes a jugar a daus i a fer com més trampes millor, i ell, a buscar l'adreça del violinista.

No li va ser gens difícil trobar la casa on vivia el músic. Després de tot, Puerto San Roque era una ciutat petita, i els músics del governador eren prou coneguts.

El mestre violinista, Don Basilio de Roces, va estar molt content de saber que podia comptar amb un alumne tan entusiasta i tan distingit com aquell ric comerciant afrancesat de Panamà que hi posava tant d'interès. I van quedar per al dimarts i per al dijous.

Un dia, però, Don Basilio de Roces va advertir a Ala de Corb que el dijous proper no podria atendre'l, ja que amb els seus companys havien d'assajar el concert que el senyor governador volia fer amb motiu de l'arribada a l'illa de la seva promesa, la donzella Doña María Íñigo Medellín.

Doña María Íñigo, filla del marquès de Guadalahar, venia directament de Sevilla per casar-se amb el governador d'aquella part de les Índies Occidentals, Don Hernando de la Fuensanta y de Somoza. El seu pare, el marquès, l'havia promesa, feia més de quinze anys, quan era una nena petita, a Don Hernando, el qual, en aquella època, era un valent capità que havia fet una brillant carrera militar en les campanyes contra França, contra les revoltes secessionistes portuguesa i catalana, contra els rebels sicilians de José Alesto, i tants i tants fronts de guerra on l'havia reclamat l'Imperi. A causa dels seus mèrits militars, el mateix rei, Felip IV, en persona, l'havia distingit amb el càrrec de governador en una rica zona de les Índies Occidentals. Ara, Doña María, arribada l'edat del matrimoni, s'anava a reunir amb el seu promès, a qui només havia vist una sola vegada a la vida, quan era molt petitona.

Ala de Corb es va reunir amb els seus homes:

—Xicots, em sembla que, d'aquí a uns quinze dies, està prevista l'arribada d'una caravel·la que porta la promesa del governador. Com que la noia ve per casar-se, portarà el dot de núvia, l'aixovar i les seves més riques joies. Què us semblaria si...

—Visca!!!

—D'acord, ja veig que us fa una certa gràcia la feina. Tot i que és una mica arriscada, perquè segur que la caravel·la anirà ben armada. Però tenim l'avantatge que sabem que vindrà i, per tant, podem esperar-la on més ens convingui. Així que, us proposo que...

—Visca!!! —van cridar tots els pirates alhora.

I van anar de seguida a celebrar-ho amb rom.

5

Doña María Íñigo Medellín

Al cap d'uns dies, ben preparats, van sortir a alta mar a esperar la nau. Més o menys sabien per on arribaria, així és que van observar l'horitzó i cada onada, fins que, al cap de quatre dies, van veure arribar la caravel·la.

Era impensable un atac frontal; per tant, els pirates van recular a fi de no ser descoberts i, quan es va fer negra, negra, negra nit...

Era impossible que el timoner o els sentinelles que feien guàrdia a la caravel·la poguessin descobrir, enmig d'aquella foscor tan absoluta, les dues silencioses barques de rems que se'ls acostaven lentament. Com tampoc no van notar res d'estrany quan catorze homes amb una espasa corba a les dents i dues pistoles a la faixa van començar a enfilar-se per cordes que havien llançat al vaixell i a saltar cautelosament a la coberta. En canvi, quan van notar la fredor de la fulla d'un ganivet al coll i la pressió d'una mà aspra que els tapava la boca, llavors sí que van deduir que alguna cosa anormal devia estar passant, però com que tampoc no la podien explicar a ningú, perquè amb un ganivet a la gargamella fa de mal parlar, doncs es van estar allà calladets com mòmies.

Els pirates van apoderar-se sense cap problema del pont de comandament, van desarmar els sorpresos oficials, els soldats i els mariners que hi havia a coberta i van neutralitzar els altres oficials que dormien en els seus camarots. Després, amb el vaixell totalment controlat, van esperar les primeres llums del dia, i llavors van tocar a formació de tota la tropa a coberta, perquè estaven a punt d'arribar a port i s'havien de revisar tots els uniformes per no fer el ridícul, i ai d'aquell que no portés els botons ben brillants!

Amb cara de son i amb por de ser arrestats per portar alguna taca d'oli a l'uniforme, els soldats van anar formant a coberta. Llavors se'ls va informar mínimament de quina era la situació, i que no patissin perquè tot estava previst, que fins i tot pensaven donar un premi a aquell soldadet que s'estigués més quietet de tots. I se n'hi van estar tant, de quiets, els soldadets, que fins i tot alguns es van adormir drets.

Just quan ja es disposaven a remenar tots els racons de la nau i a arrambar amb tot el que poguessin traginar, es va obrir la porta de la coberta i va aparèixer Doña María Íñigo seguida de la seva dama de companyia, la inseparable Doña Gimena.

Malgrat que Doña María no havia tingut temps de vestir-se i de pentinar-se com ella hauria desitjat, i malgrat que la poca llum que encara hi havia no permetia observar el detall, la seva manera de moure's i de plantar cara a la situació va deixar tothom bocabadat.

Tot i que la situació era tan compromesa, Doña María va saber fer honor al seu noble origen, i amb una veu serena, però alhora autoritària, va demanar al capità espanyol Don Rodrigo de las Nueces, que què passava. Consternat i avergonyit com estava, Don Rodrigo va intentar respondre-li, però en aquell moment Ala de Corb, divertit per la presència i el posat orgullós de la dama, va fer un gest de silenci al capità i es va acostar a Doña María.

La lluna començava a sortir, però com que encara hi havia poca llum i ell volia veure bé aquella noia, s'hi va acostar bastant. Va mirar-se-la detingudament. «Conxo, quina dona!», va pensar. I és que era per pensar-ho, paraula!

Els ulls d'Ala de Corb van anar resseguint aquells cabells negres i sedosos, el front, els ulls, el nas, la boca, les galtes, el coll, les espatlles, els braços, les mans, el pit, la cintura..., tot el cos d'aquella noia jove, preciosa, vestida a corre-cuita i d'una forma descuidada, però coberta amb riques sedes d'Orient i enjoiada de cap a peus.

Mira que Ala de Corb n'havia vistes i vistes de dones i dones, i algunes, tan boniques o més que Doña María. Però mira, és allò que diuen: no saps ben bé per què, però un dia en veus una que et fa patxoca i ja hi som!... Què hi voleu fer...

Ella, malgrat aquesta observació agosarada a què es va veure sotmesa, no va cohibir-se en absolut; al contrari, portada per la ràbia que li produïa el que endevinava que estava passant, va aguantar desafiant la mirada minuciosa del pirata i fins i tot li va dir:

—I vós, senyor, qui sou i què hi veniu a fer, aquí?

—Missenyora. Sóc Ala de Corb, fill de Pota de Pop, nét Gola de Llop, besnét de Barba de Boc i rebesnét de Boca de Corc. Noble nissaga de pirates que des de fa cent anys saqueja el mar de les Antilles des de les illes dels Ullals fins a Punta Calavera. Assot de reis i emperadors. Neguit de tots

els vaixells de guerra de l'Imperi espanyol, de l'anglès, i de tots els imperis, quan ha convingut. Lladre, aventurer, jugador i... i des de fa uns instants, missenyora, enamorat, fins a la mateixa tremolor, de la vostra molt noble i augusta persona.

En sentir això darrer Doña María Íñigo va quedar totalment desconcertada i va haver de fer un esforç per mantenir la seva mirada acusadora, orgullosa i distant.

A ella mai ningú no li havia dit ni una sola paraula d'amor.

Promesa, per conveniències familiars, quan només era una nena, de ben joveneta el seu pare l'havia feta ingressar al convent de Las Hermanas del Sagrado Martirio, a fi i efecte que adquirís una formació púdica i pia, tal com convenia a una dama, i a una futura esposa de la seva condició. Ara, quan acabava de complir els divuit anys, havia sortit del convent per reunir-se, ben a contracor, amb el seu futur marit, trenta anys més gran que ella i de qui conservava, de l'únic dia que l'havia vist, el record d'un home esquerp, autoritari i malcarat. En canvi, Ala de Corb, molt més jove, fort i delicat, amb un mocador lligat al cap, i una argolla enorme en una orella, la mirava amb atenció i li parlava cortesament amb un marcat accent francès, que això ja era, vaja, «deemassié», que diuen...

Ella, però, va saber reaccionar de seguida, no podia oblidar que era una noble castellana i aquell home, un terrible assassí.

—Senyor —li va dir en un to greu—, no he d'escoltar-vos, perquè sou un lladre.

—És cert, missenyora —va respondre ell molt lentament—, sóc un lladre que es tenia pel més expert i agosarat de tot el mar de les Antilles, i que mai no havia trobat un botí prou gran per a la seva ambició. I ara, ara que per fi l'ha trobat, s'adona que ni és lladre ni res, i que no sap robar, perquè per més que faci se sent incapaç de robar-vos allò que més voldria: una sola mirada vostra d'afecte.

Ella insistia a acusar-lo:

—No teniu escrúpols.

—Sí que en tinc.

—Viviu fora de la llei.

—De la llei, de la llei..., de la llei de segons qui, missenyora.

—I ara, què penseu fer de nosaltres? —va afegir ella després d'un llarg silenci.

—Us anava a robar, missenyora —va dir ell allargant la mà i traient-li el collaret de perles i robís que ella sempre duia penjat del coll—, però després d'haver-vos conegut, sé que no puc endur-me cap de les joies que dueu posades, perquè sé que tots aquests tresors són una fotesa al costat de la brillantor dels vostres ulls. Senyora, o us robo els ulls o no us robo res. No puc pas jugar-me la vida i la dels meus homes per quatre misèries, jo. Penseu que sóc un bon professional.

I li va tornar a penjar el collaret. Ella fins i tot va abaixar la mirada, avergonyida.

Llavors Ala de Corb va dir als seus homes:

—Nois! Del vaixell i dels soldats preneu-ne el que vulgueu, però no toqueu res que sigui propietat d'aquesta noble senyora o de la seva dama de companyia, elles dues estan sota la nostra protecció. —Llavors adreçant-se a Doña María va afegir:— I vós permeteu-me que us donem escorta fins a Puerto San Roque, aquests mars són perillosos i em sabria molt de greu que us robessin pel camí o que algú pogués molestar-vos; de vegades els vaixells anglesos arriben fins aquí.

I amb Fetge de Rajada al timó i els pirates fent de mariners, la caravel·la espanyola va arribar a les envistes de Puerto San Roque. Aleshores van esperar que caigués la tarda i, quan va començar a fer-se fosc, van demanar permís a les torres de guaita de la costa per entrar al port. Reconeguda la nau pels vigilants de les muralles, gràcies als estendards que duia als seus pals, va ser saludada per l'artilleria en senyal de benvinguda.

Llavors Ala de Corb va besar la mà de Doña María Íñigo i li va dir:

—Missenyora, ara ja esteu segura, els vostres són allà esperant-vos. Disculpeu-me si no us acompanyo fins al port mateix on us esperarà el vostre futur espòs, el senyor governador, però crec que és millor que els meus homes i jo ens retirem ara. Vós i el senyor governador deveu tenir moltes coses a contar-vos i és millor que no hi hagi estranys entremig.

Doña María estava totalment desconcertada, l'actitud d'aquell pirata s'adeia més a la d'un refinat cortesà que no pas a la d'un vulgar assassí. D'una banda sabia que havia de mostrar-se distant i altiva davant d'ell, però d'altra banda tenia ganes fins i tot de donar-li les gràcies per haver-li donat protecció durant l'últim tram del viatge.

I mentre ella estava feta un embolic de contradiccions, Ala de Corb i els seus homes, amb les dues barques seves i dues més que havien avarat de la caravel·la, totes ben carregades amb els objectes de valor del vaixell, les armes i els uniformes dels soldats, s'anaven allunyant mar enllà i fosca endins. Naturalment, no gaire lluny els esperava la *Dragonera*, però un que no ho sabés s'hauria pogut pensar que aquells homes tornaven al fons del mar, d'on havien sortit.

La caravel·la, encarada cap a port i amb el timó travat per una corda, es va anar aproximant cap al moll lentament, a l'impuls d'una brisa suau. A la costa tothom estava estranyat que aquell vaixell triés la nit per atracar, però com que semblava que ho volia fer de totes passades, es van encendre torxes en alguns indrets clau i en algunes roques de l'entrada, per facilitar-li la visibilitat. Però la nau tampoc no avançava gaire.

Quan, estranyats perquè ningú de la caravel·la no responia als senyals lluminosos que se li feien des del port, el governador en persona s'hi va traslladar amb barca, es va trobar la seva promesa Doña María Íñigo vestida amb els seus millors arreus i ventant-se compassadament amb un ventall de vori, que, acompanyada per la seva dama de confiança, l'esperava a coberta amb un posat tranquil.

També es va trobar tota la tripulació i soldadesca tancada en una de les bodegues, amb calçotets i samarreta, i tots els oficials, amb la mateixa indumentària, però tancats i lligats a la cambra d'oficials. De totes maneres, tot s'ha de dir, els oficials conservaven totes les seves medalles i distintius clavades als calçotets; tot un detall per part d'Ala de Corb.

Diuen que, quan va veure tot allò, el senyor governador es va enfadar bastant, i que, quan va saber que havia estat Ala de Corb, el terror del mar, encara es va enfadar més. Poca corretja que tenia l'home...

Mentre, els pirates, a les primeres clarors de l'alba, sortejaven el laberint d'esculls que ja coneixien, i ancoraven a la minúscula platgeta. Després van cobrir la *Dragonera* amb les fulles de palma que ja tenien preparades i, carregats amb el que acabaven de robar, es van enfilar per la barrancada com ja havien fet altres vegades. La ciutat no era lluny.

Quan a primera hora del matí els soldats van obrir les portes de Puerto San Roque, la gent que sortia a l'exterior s'aturava plena de curiositat davant d'aquelles paradetes, com si fossin uns encants, que uns venedors ambulants havien muntat fora muralla. I com que eren simpàtics i deixaven les coses bastant bé de preu, doncs ho van vendre quasi tot.

I en acabat: a celebrar-ho a la taverna!

6

A Ala de Corb se li fa aigua al cervell

Des d'aquell dia, però, Ala de Corb no va tornar a ser el mateix que abans. El record de Doña María l'acompanyava sempre, fes el que fes. I cada vegada sentia amb més força el desig de tornar-la a veure. Endevinava que aquella noia no seria gens feliç amb aquell enze del governador, i això el treia de polleguera.

Entretant, els preparatius per les noces continuaven a bon ritme. A l'illa no es parlava d'altra cosa. I al palau del governador tot era tràfec i bellugadissa. Sastres, jardiners, cotxers, minyones, artesans de tota mena, administradors, servents i esclaus, tothom anava de corcoll, perquè només faltava una setmana i encara s'havien de fer tantes reformes al palau. Fins i tot els músics anaven de bòlit assajant les noves composicions que s'havien d'estrenar el dia del casament. Per això el mestre violinista Don Basilio de Roces va deixar de donar les seves habituals classes particulars a aquell suposat cavaller de Panamà que tanta afecció tenia per aprendre, perquè ara el mestre necessitava tot el temps per assajar amb els seus companys la nova peça que havia escrit: *Pavana a la graciosa Doña María de las Indias*.

Entre una cosa i l'altra, Ala de Corb va caure en una crisi d'avorriment espantosa. Els seus companys prou que intentaven distreure'l explicant-li acudits i organitzant sessions de titelles a les tardes, però no hi havia res a fer, ell tenia ganes de tornar a veure Doña María i no el treies d'aquí.

I un dia, o més ben dit, una nit, quan ja només en faltaven quatre per al casament, no es va poder aguantar més i hi va anar.

Seguint el camí habitual va entrar a la ciutat, va anar cap a palau i en va saltar la muralla. Un cop al jardí va córrer fins a la casa i, ajudat per l'heura que cobria la paret, es va anar enfilant fins a dalt del repeu de les finestres del primer pis i va penetrar silenciosament per la primera finestra que va trobar oberta.

Només uns ulls com els d'ell, acostumats a la foscor de les nits oceàniques, podien orientar-se sense ensopegar amb els objectes diversos. Havia anat a parar a l'habitació d'una de les minyones. Sense fer soroll va sortir per la porta i es va trobar en un passadís estret que donava en un altre de més ample il·luminat tènuament per uns canelobres encesos.

Arribaven veus de persones que parlaven en algun saló del primer pis, veus i rialles. Va reconèixer la veu del governador, que feia broma amb alguns convidats. De cop les veus es van fer més clares, es veu que les persones de baix havien sortit del saló i s'acostaven a la majestuosa escala que pujava al pis de dalt. Llavors va sentir la veu de Doña María que cridava la seva dama de companyia Doña Gimena; darrere es va sentir la veu del governador, que s'acomiadava de les dames.

Ala de Corb es va acostar a la barana i va mirar a baix. Doña Gimena pujava les escales amb un canalobre a la mà i darrere d'ella pujava la noia aixecant-se una mica les faldilles amb les dues mans. Les ombres gegantines que les espelmes projectaven damunt les parets semblaven fantasmes allargassats i canviants.

Ala de Corb es va enretirar ràpidament per no ser descobert. Havia d'amagar-se de seguida, o si no, el trobarien allà, enmig del passadís.

Va girar el pom d'una de les portes i, com que es va obrir, es va ficar dins l'habitació. No es veia gran cosa, només a través de la claror que entrava per la finestra va poder veure que es tractava d'una habitació bastant gran.

No va tenir temps de res més, perquè darrere seu el pom de la porta va tornar a girar i el full de la porta es va obrir una altra vegada. Li va venir ben just d'estirar-se i amagar-se a sota del llit. L'habitació es va il·luminar i les dues dames hi van entrar i van tancar darrere seu. Aleshores va comprendre que precisament s'havia amagat a l'habitació de Doña María.

La noia va seure al pentinador i la seva acompanyant va treure-li les agulles i passadors que li subjectaven el cabell. Després va estar una estona pentinant-la i comentant amb ella la proximitat del casori i la gran festa que preparava el governador. La noia anava responent sí o no sense gaire entusiasme. Després Doña Gimena la va ajudar a treure's el luxós vestit i les joies i li va recomanar que procurés descansar força, perquè havia d'estar ben maca per aquells dies que s'acostaven. I, riallera, se'n va anar.

Quan Doña María es va quedar sola es va estirar al llit i va apagar les espelmes.

A sota seu, Ala de Corb tenia una sensació de ridícul que no podia amb ella. No podia moure's d'allà on era; si feia el més mínim soroll la noia tindria un esglai de mort, i això, és clar, ell no ho volia. Va pensar d'esperar-se una estona fins que ella s'adormís i llavors anar-se'n sense que ningú se n'adonés. Però el llit no parava de grinyolar, com si la noia no pogués agafar el son. Tot d'una va sentir uns sanglots continguts i després uns plors reprimits. Doña María Íñigo estava plorant! I ell sense poder sortir d'allà sota i dir-li no patiu que ja us deixo el meu mocador.

Però, per què devia plorar aquella noia? Allò era greu. Una dona no plora, quan no la veu ningú, quatre dies abans de casar-se, a no ser que tingui un fort disgust que dissimuli davant dels altres...

Ala de Corb va sentir que el seu cor s'accelerava amb força. La seva intuïció no podia enganyar-lo en un cas com aquell: Doña María no s'estimava el governador; per això plorava desconsolada, però no podia dir-ho a ningú; per això plorava d'amagat.

Aleshores ell va sentir una alegria infinita dintre seu, i la necessitat de sortir de sota el llit, abraçar-la fort i dir-li: «No patiu, estimada, no us hi casareu, amb aquell sòmines. Jo ho impediré! I és possible que fins i tot després vulgueu acompanyar-me a donar la volta al món, fins a trobar una illa solitària que robaré per a vós i on pugui demostrar-vos com us estimo!» Però no ho va fer. No podia fer-ho si no volia clavar un ensurt de mort a la noia i esguerrar un pla que havia d'elaborar ben bé per impedir aquell casament.

I només quan el llit ja no grinyolava, i la noia havia canviat els sanglots, primer per silenci, i després per una compassada respiració, el pirata es va atrevir a sortir de sota el llit i contemplar-la amb atenció a través de la pàl·lida llum de la lluna que travessava les cortines de la finestra. Se la va mirar llarga estona encaterinat. Després li va fer un petó suau al cabell i va sortir per la finestra.

Pel camí de retorn a la *Dragonera* va estar rumiant un pla. Al cap d'una estona li va semblar que havia trobat una solució. Era un pla molt arriscat, però havia d'intentar-lo, no hi havia altre remei.

Després va proposar-lo als seus homes, i s'hi van avenir. I un cop valorats tots els pros i contres, i repartides les feines, tothom es va posar a treballar.

7

El dia del casament

Per fi va arribar el gran dia.

L'església de Santa María de los Martirios estava plena com un ou. Les autoritats militars, eclesiàstiques i administratives ocupaven els primers bancs, darrere seu hi havia tota la noblesa local i els rics hisendats de la colònia i d'altres places veïnes.

El governador, guarnit amb els seus millors arreus i amb més medalles que el santuari de Fàtima, dret davant de l'altar, estava girat de cara a la porta d'entrada esperant que arribés la seva augusta promesa. Al seu costat, el reverend fra Gonzalvo de los Cálices y de los Altares i l'escolanet feien temps, tot pregant d'una forma incansable.

Doña María es feia esperar i tothom ja començava a inquietar-se. Però finalment va arribar el luxós carruatge de la núvia, i aquesta, que anava amb un vestit preciós i coberta per un vel llarguíssim, va entrar a l'església acompanyada de bracet pel capità general de la plaça, i mentre tothom exclamava: «Ooooh, que maaaca...», els músics van engegar uns acords de música sacra.

Lentament, el capità general i la núvia van anar caminant pel llarg passadís central de la basílica fins a l'altar. Un cop allà, ell va cedir la núvia al governador. Llavors els nuvis es van agenollar i tot seguit el capellà va iniciar la cerimònia.

Quan tot d'una, un dels violinistes, que no era un dels violinistes, sinó l'Ala de Corb disfressat, va fer un crit esgarrifós, va saltar cap on era la núvia i va estirar-la cap a un costat. Tothom va quedar amb la boca oberta de la sorpresa, sobretot el governador. La núvia no se sap, perquè duia el vel posat i no se li veien les faccions.

I abans que ningú pogués reaccionar, l'escolanet, que no era l'escolanet, sinó un altre pirata disfressat, es va treure un arcabús de sota la sotana i va dir que al primer que es mogués li cauria el pèl. I la mare del governador, que tampoc no era la mare del governador, sinó un altre pirata disfressat, es va treure una espasa de sota els enagos i va dir que al primer que obrís la boca li faria la clenxa al mig. I el capità general de la plaça, que tampoc no era el capità general de la plaça, sinó un altre ferotge pirata disfressat, es va treure una pistola de sota de la perruca i va dir que el primer que donés una passa ja havia begut oli. I resulta que ni el sagristà era el sagristà, ni una marquesa rossa plena de collarets era una marquesa rossa plena de collarets, ni una tia del governador per part de mare era una tia del governador per part de mare, ni una velleta que s'esperava per confessar-se era una velleta que s'esperés per confessar-se, ni res; tot eren filibusters armats fins a les dents i amb cares de poca broma...

Allò va ser horrorós. Durant uns instants es va produir un estat tal de confusió, que ningú no sabia si ell mateix anava disfressat o què. Quan el governador va poder reaccionar va ordenar a la seva guàrdia que detinguessin tothom, tothom que trobessin. Però resulta que dos dels soldats de la seva guàrdia també eren pirates disfressats, i el primer que van fer va ser detenir-lo a ell acusant-lo d'anar disfressat de governador.

Allò sí que va ser un caos, paraula. Ningú no es fiava de ningú i tothom volia detenir tothom. El cas és que els uns volent fugir per aquí, els altres donant cops de colze per allà, van acabar estirant-se les perruques i estripant-se les casaques i repartint-se llenya els uns als altres, cosa fina.

I, per si tot això no fos prou, encara va passar un pirata que no anava disfressat de res, però que tothom es pensava que anava disfressat de pirata, que portava una safata amb un pistolot damunt i que deia que postulava pel dia del Domund. No cal dir que tots els presents, quan van veure que no, que no anava disfressat, hi van deixar arracades, anells, collarets, agulles de pit i braçalets, a més de totes les bosses amb monedes que portaven.

Enmig d'aquest desori indescriptible, Ala de Corb, duent Doña María de la mà, va sortir per la porta de la sagristia i va córrer cap a un carruatge que els esperava en un carrer del costat. Ella va optar per desmaiar-se, que és la millor cosa que podia fer una dama de la seva condició i llinatge.

Darrere d'ells van anar sortint els altres pirates, disfressats de les coses més insospitades i carregats amb tot el que havien pogut arrambar. Aleshores van pujar a dalt d'uns cavalls que ja tenien preparats i tots van córrer cap a les portes de la ciutat.

Un cop allà, el pirata que anava disfressat de capità general de la plaça va fer formar tots els soldats que feien guàrdia a la posició i els va dir que acabava d'arribar l'ordre directament del rei d'Espanya de llicenciar-los a tots amb la paga completa, o sigui, que ja se'n podien anar tots a casa i de presseta, perquè l'últim a obeir la reial ordre seria arrestat per lent i gamarús.

—Visca el rei! —van cridar tots, i van desaparèixer tan de pressa que ni el clatell se'ls va poder veure amb detall.

Llavors la comitiva de pirates disfressats va galopar cap a la barrancada que ells coneixien i que baixava fins a la caleta. Allà els esperava la *Dragonera* coberta de fulles de palmera, i preparada per navegar a l'altra punta del món si fos necessari.

I era necessari, perquè darrere seu ja començaven a sentir-se els crits de les molt nobles autoritats militars, eclesiàstiques i administratives, de la noblesa local, dels rics hisendats de la colònia i altres places veïnes, de les dames que, quan van córrer la veu que aquell que s'havia endut Doña María era el famós Ala de Corb en persona, volien tornar-lo a veure; i també els crits de l'escolanet autèntic, de la mare del governador autèntica, del capità general de la plaça autèntic, del sagristà autèntic, d'una marquesa rossa plena de collarets, una tia del governador per part de mare i una velleta que s'esperava per confessar-se, autèntiques (a tots els quals havien trobat lligats i emmordassats darrere d'una tàpia); i els crits, encara, de fra Gonzalvo de los Cálices y de los Altares, de tota la població de l'illa, de tots els soldats de la plaça que encara no se n'havien anat a casa i, sobretot, del senyor governador que anava prometent fabuloses recompenses a tot aquell que atrapés Ala de Corb i li tornés Doña María Íñigo Medellín.

Però és clar, quan tota aquesta excelsa comitiva va arribar a la vora mateixa dels espadats que queien damunt del mar, només van ser a temps de veure un illot ple de palmeres que anava sortejant la cadena d'esculls fins a sortir a alta mar i perdre's a l'horitzó.

8

Les contradictòries plореres de Doña María Íñigo

Doña María va tornar en si en un llit de rics brocats i riques sedes, gronxada per les ones del mar i acaronada per unes fines notes de violí.

Quan va obrir els ulls va veure davant seu Ala de Corb elegantment vestit, que tocava una dolça i melodiosa serenata. Aquella visió li va fer un agradable impacte, però el seu orgull de noble castellana no li permetia de reconèixer-ho. Va mirar a dreta i esquerra. Es trobava en un cambrot, segurament el del capità que, tot i que era ple d'objectes de navegar, era net i ordenat. El devien haver preparat especialment per a ella. Aleshores, fent cara de preocupada, va exclamar:

—On sóc?

—No patiu —va fer ell—, sou en el lloc més còmode de la meva corbeta. Ningú no us farà cap mal.

—Però, i el meu promès, el senyor governador?

—No ho sé d'una manera exacta, però suposo que ens deu estar empaitant al davant de tots els vaixells de guerra que haurà trobat a l'illa.

—Vós m'heu segrestat.

—No, només he evitat que cometéssiu l'error més gran de la vostra vida casant-vos amb aquell curt de gambals de governador.

—No hi teníeu cap dret.

—L'estimàveu?

—Sou un assassí.

—Eh?

—Un lladregot.

—L'estimàveu?

—Un proscrit.

—Però l'estimàveu o no?, carai!?

—I Don Hernando us perseguirà per tots els mars fins a trobar-vos i penjar-vos del pal més alt.

—I vós desitjaríeu que això passés?

—No us vull ni veure —va cridar la noia. I es va posar a plorar abraçada al coixí.

Ala de Corb va sortir del camarot sense fer soroll.

A fora, els seus homes encara s'estaven repartint tot el que havien pogut arreplegar entre els convidats al casament.

—Mira, capità, quin llamp de botí! —va cridar en veure'l un a qui li deien Mà de Ganxo, perquè... exacte!, en comptes de mà esquerra, hi tenia un ganxo—. Quan hi torna a haver un altre casament, a Puerto San Roque?

—Nois, no crec que puguem tornar-hi mai més —va dir ell—, el governador deu estar molt enfadat. A més, ara ja han descobert per on hi entràvem.

—Llàstima!, perquè ens ho passàvem tan bé... —va fer un a qui li deien Dents de Tauró.

—I ara on anirem?, a La Tortuga? —va preguntar un altre, que era conegut per Cap de Trons.

—Doncs, no ho sé —va respondre Ala de Corb—, perquè anem on anem sempre tindrem tota l'esquadra espanyola enganxada al clatell. Per tant, potser és millor que els qui vulguin desembarcar a La Tortuga, que ho facin i segueixin el seu camí, ...i si algú vol continuar amb mi, doncs que hi vingui. Però que sàpiga que a partir d'ara viatjar amb mi serà més perillós que mai.

—Visca!!!! —van cridar tots els pirates a una sola veu, perquè es veu que allò del perill els estimulava una cosa de no dir.

I el sol se'n va anar a dormir dins del mar mentre el cel i l'aigua es tornaven vermells com de foc. Mentrestant, a coberta, disset ferotges filibusters aixecaven les gerres de rom i gairebé s'hi ofegaven.

Van anar passant els dies.

Doña María estava feta una figa tova, per no res plorava. Que si Ala de Corb entrava i li deia alguna cosa... vinga llàgrimes avall... Que si Ala de Corb no entrava i no li deia res per no fer-la plorar... llàgrimes i més llàgrimes...

De fet, la pobra Doña María tenia un contradictori embús cerebral que no sabia com resoldre. I aquest terrible desconcert no la deixava viure.

D'una banda no s'havia casat amb el governador, i això, encara que mai no s'hauria atrevit a reconèixer-ho públicament, era per a ella una autèntica deslliurança. Perquè ella, al governador no se l'estimava en absolut. El seu pare la hi havia promesa quan ella encara era una criatura. De seguida la van fer entrar al convent on va rebre de mans de les monges del Sagrado Martirio una educació recta i moralitzant. Mai no havia tingut temps ni ocasió per imaginar altres mons i altres camins que els que la seva família i el convent li havien marcat. Estava tan convençuda que es casaria amb el llavors valent i brillant capità Don Hernando de la Fuensanta y de Somoza, que no concebia cap altre tipus de vida per

a ella. I malgrat tot, en el seu interior sempre havia tingut com una estranya esperança que al final no s'hi casaria, que en l'últim moment algú ho evitaria, i que ella li n'estaria agraïda tota la vida.

En realitat, però, ella no sabia ben bé què volia dir estimar. Potser estimar ja era allò que sentia pel governador, aquella barreja de respecte, por i indiferència...

En canvi Ala de Corb... Però el que sentia per Ala de Corb era ràbia, ràbia per la seva gosadia d'haver-la segrestada, per haver-la violentada i haver actuat sense el seu consentiment. A més a més, aquell home era un malvat pirata que vivia de robar a les persones innocents, i al qual la justícia tard o d'hora penjaria. I ella se n'alegraria, perquè no es pot anar per aquest mons de Déu prenent als altres allò que és seu... Almenys el governador era un home honrat, noble i bon cristià...

El que passava era que aquell capità pirata era molt atractiu, això sí, però una cosa no tenia res a veure amb l'altra... Atractiu i delicat de tracte, perquè a ella la tractava amb tots els miraments, i sabia que havia recomanat als altres pirates que fessin el mateix. I què? Era un lladre, i un malvat, i ja està!

Per això plorava quan el veia, perquè veia un llop amb pell de xai, que darrere d'aquell somriure i d'aquell nyigo-nyigo del violí amagava una maldat terrible.

Per això plorava quan no el veia, perquè es trobava sola en aquell camarot infecte, ple de brúixoles, sextants, astrolabis, prismàtics i cartes de navegació. I sense ni tan sols la seva dama de companyia, Doña Gimena, per poder-li descarregar el seu cor dolgut i que, a més a més, l'ajudés a ajustar-se la cotilla, que mira que era difícil de cordar-se-la a l'esquena...

I tenia por, Doña María tenia por d'Ala de Corb, por dels pirates, por del mar, por d'ella mateixa, por de tot...

9

Doña María Íñigo deixa de plorar

Van anar passant els dies. Doña María no sortia de la seva petita cambra. Estava massa enfadada per fer-ho. Almenys allí tancada no havia de parlar amb ningú ni veure cap d'aquells monstres assassins. Ja massa que havia de veure el pitjor de tots ells, l'anomenat Ala de Corb, que sovint entrava a la seva cambra a preguntar-li com es trobava, i un altre pirata, a qui anomenaven Pota de Cranc, que li entrava el menjar i aigua per rentar-se.

A la petita cambra que li havien assignat, a més dels estris propis de navegació, hi havia un arcó ple de vestits i roba per canviar-se i altres objectes de l'endreça personal, com pintes, raspalls i un gran mirall. I una cosa molt important per a una dama distingida i delicada com ella: una banyera, una esponja i tovalloles. També hi havia un armari amb mapes cargolats, documents, llibres diversos i una cosa també molt important per a ella: un devocionari. No es pot pas dir, doncs, que els pirates no haguessin cuidat tots els detalls perquè ella es trobés mínimament còmoda en aquell espai tan estret. Però ella allà era una captiva, i els captius són captius encara que estiguin tancats dintre d'una gàbia d'or.

Doña María es va posar molt melancòlica. D'una banda enyorava la seva llibertat anterior, de l'altra, se sentia alliberada. Com s'entenia, això? No, no s'entenia.

Per distreure's es passava llargues estones contemplant el mar i els animals que poblaven aquelles aigües càlides: els dofins, que jugaven al voltant del vaixell, els taurons, que intuïen que aquella nau anava plena de menjar que se'ls escapava, els pelicans, de bec enorme i vol majestuós, les curiosíssimes voleiades de peixos voladors... Un dia un d'aquests estranys peixos va entrar-li per la finestra. Ella va córrer a recollir-lo de terra, el va observar amb atenció i va afanyar-se a tornar-lo al mar abans que no es morís. Però l'espectacle més atractiu eren les aigües tan transparents que deixaven veure les meravelloses formacions coral·lines fetes de la barreja increïble de bèsties que s'han fet pedres, plantes que s'han fet bèsties i pedres que s'han fet plantes. Que diferent tot allò de la seva Sevilla estimada i ara tan llunyana...!

De mica en mica també va anar sentint curiositat pels instruments de navegació que hi havia a la cambra. No comprenia com amb aquells estris i guiant-se per les estrelles els mariners trobaven camins en el mar. També l'atreia molt un petit rellotget de sorra que hi havia.

Però amb el que s'entretenia més era llegint el petit devocionari escrit en castellà que hi havia a l'armari. Aquell llibret va fer-li molta companyia. Però quan ja se'l va saber pràcticament de memòria va interessar-se per alguns altres llibres. N'hi havia d'escrits en anglès, altres en francès, en llatí, i algun altre escrit en castellà. Entre aquests últims, va trobar-ne un que es deia: *Brevísima relación de la destrucción de las Indias*, de fray Bartolomé de las Casas, de Sevilla. Li va fer gràcia que l'autor fos de Sevilla com ella, i va començar a llegir el llibre amb una certa curiositat. Però aviat aquella curiositat va convertir-se en autèntic interès i no va poder deixar-lo fins a acabar-se'l del tot.

Quan se'l va haver llegit, Doña María estava desconcertada, allò no tenia res a veure amb el que li havien dit sempre a casa i al convent. Gràcies a aquell llibre havia descobert que la colonització d'aquelles noves terres no havia estat fàcil, i que els europeus no havien pas tingut manies a matar o esclavitzar els pobles indígenes per robar-los tot el que posseïen. Com era de diferent tot allò de com li ho havien explicat sempre...! Llavors Doña María es va estirar damunt del llit i es va posar a plorar.

Un dia va sentir més enrenou a coberta que de costum. Què devia passar? Es resistia a sortir, per a ella encara era una qüestió de punt d'honor de no voler saber res amb els pirates. Va mirar per la seva finestreta rodona. Al lluny es veia un gran vaixell que semblava que els seguia. Per fi! Els seus venien a alliberar-la!... Els seus?... De cop es va adonar que no tenia ganes que l'alliberessin. Ara no tenia ganes de tornar a Puerto San Roque, ni, evidentment, de casar-se amb Don Hernando. Potser era tot allò que havia llegit, potser era que els pirates havien respectat el seu desig de solitud i no l'havien molestada gens... Després de tot, potser no eren tan malvats com semblaven, ...o potser sí que ho eren... Però si els agafaven de segur que els penjarien, i és clar, això, tampoc no ho volia. En realitat no sabia el que volia.

Va sortir a l'exterior. El vent li va fer voleiar els cabells. Els pirates lluitaven amb les veles per aconseguir treure el màxim rendiment del vent i poder-se allunyar d'aquella nau que els perseguia. Quan aquells homes ferrenys van veure-la, van saludar-la i li van somriure. Ala de Corb va córrer al seu costat:

—Doña María, com us trobeu?

—Bé, què passa? Que teniu por del meu promès, el senyor governador? —li va dir en un to desafiant.

—No, missenyora, no és el governador qui ens empaita ara. Es tracta d'un vaixell anglès que vol atrapar-nos per convertir-nos en hamburgueses, però no patiu, perquè no ho aconseguirà, li estem agafant cada cop més avantatge.

En aquell moment una columna d'aigua es va aixecar a uns deu metres a babord i al lluny va ressonar una canonada.

—Vinga! Ànims! Aixequeu més la messana, deixeu anar el trinquet! —va cridar Ala de Corb donant ordres als seus homes.

Durant una estona es van anar repetint canonades intermitents del vaixell perseguidor. La noia repartia les seves mirades entre les maniobres que feien els pirates, les evolucions de la nau anglesa i les columnes d'aigua que aixecaven les seves canonades. Allò anava de debò, si els ensorraven se'ls menjarien els taurons.

En aquell moment una canonada va fregar el casc de la corbeta i en va aixecar estelles.

—Doña María! —va cridar-li Ala de Corb—. No us hi quedeu, aquí: aneu a l'altra banda del vaixell i ajupiu-vos!

Però ella no el va obeir, al contrari, es va quedar abocada a la barana de popa desafiant les canonades. Va mirar les aigües escumoses que anaven deixant enrere i es va esgarrifar en veure que alguns taurons semblaven esperar que els anglesos afinessin la punteria.

La *Dragonera* fendia l'aigua com un ganivet, i el vaixell anglès va anar quedant cada cop més endarrere, fins que va desaparèixer a l'horitzó.

—Visca!!! —van cridar els pirates abraçant-se entre ells quan el perill va desaparèixer.

I ella també va cridar «Visca!» i va riure, sense ni adonar-se'n.

En aquell moment Ala de Corb la va abraçar i ella no s'hi va resistir. Llavors va comprendre que era una fugitiva com ells i que la sort d'aquells homes i la seva, anaven lligades.

A partir d'aquell dia la noia ja va sortir sempre a coberta i va acabar participant en la vida normal de la corbeta.

10

Las Doradas

Van passar per diverses illes on van proveir-se dels queviures que necessitaven.

Cada cop que arribaven a un lloc poblat, però, Doña María s'inquietava. Tenia por que els pirates hissessin la bandera de la calavera i comencessin a robar i a saquejar i a matar gent. Però ells es limitaven a proveir-se, pagant el que els demanaven, i continuaven fugint.

Un dia ella va preguntar a Ala de Corb:

—I a aquesta gent, no els robeu?

—María —va respondre ell seriós—, nosaltres som uns pirates de debò, no uns carteristes ni uns xoriços. Només robem a aquells que tenen molt per ser robat, si no, ja no ens hi posem, no ens moquem amb mitja màniga, nosaltres. I per aquestes terres, podeu estar ben segura, estimada, que els qui tenen grans tresors per ser robats és perquè abans els han robat ells mateixos. Que us penseu que no tenia amo abans tot l'or que s'emporten els galions?

Ella no va respondre.

Dos dies després, a l'illa de Santo Tomás, uns pescadors d'esponges, als quals coneixien, van informar-los que una poderosa esquadra de guerra espanyola els estava buscant per totes aquelles illes, i que el governador Don Hernando de la Fuensanta havia promès una enorme recompensa a qui ajudés a capturar els fugitius.

—Malament —va comentar Ala de Corb—, si hi ha calés entremig, no ens podem fiar de ningú.

Cinc dies després van arribar a les envistes d'una illa no gaire gran.

Van decidir acostar-s'hi per fer algunes reparacions a la *Dragonera*, aquell vaixell anglès n'havia malmès una mica el casc i s'anava fent una via d'aigua cada cop més gran.

S'hi van anar acostant a poc a poc.

Encara eren un bon tros lluny, quan van albirar que un galió espanyol de grans dimensions entrava dins d'una badia molt tancada, una mena de port natural. Allò els va estranyar, perquè, segons la carta de navegar que tenien, en aquella illa no hi havia cap població important.

Van recular una mica mar endins per no ser descoberts i van vorejar l'illa. Quan es va fer fosc van apropar-se a la costa i, remant des del bot, van arrossegar la corbeta fins que amb la quilla va fregar suaument la sorra de la platja.

Durant la nit van intentar reparar la nau de la millor manera que van poder i, a punta de dia, Ala de Corb i quinze dels seus homes es van ficar illa endins a investigar.

Volien saber què hi havia dins d'aquella badia que no figurava en els seus mapes.

Doña María i els altres pirates es van quedar dins la *Dragonera* esperant-los.

L'illa era d'una vegetació exuberant.

No van trigar gaire a trobar un sender ja mig perdut, i seguint-lo van descobrir les restes calcinades, i ja cobertes de vegetació, d'un antic poblat indígena. Tot es veia destruït i abandonat. Feia molt de temps que allà no hi vivia ningú.

A partir d'aquell poblat, la penetració a l'interior de l'illa es va fer més fàcil gràcies als diferents camins que hi van anar trobant, malgrat que a tot arreu la selva maldava per tornar a cobrir-ho tot.

Al cap d'una hora de marxa van arribar en una clariana on hi havia les restes, també carbonitzades, d'un altre poblat més gran que l'anterior, protegit aquest cop per una estacada també malmesa. Tot i que no quedava en peu ni una sola paret, es veia la distribució de les antigues cabanes, fetes amb fang i palla, al voltant d'una cabana més gran, ara totalment enrunades. Aquest estat de desolació i d'absència humana contrastava amb l'abundor d'ocells de tots colors que xerrotejaven de dalt dels arbres.

Tot extremant les precaucions per no ser descoberts, els pirates van continuar avançant. En un moment donat van descobrir petjades recents de cavalls. Els espanyols no eren gaire lluny.

En una altra petita clariana van descobrir algunes pedres esculpides, alguna de més de dos metres, que devien haver representat cares i símbols estranys, però ara eren completament destrossades a cops de martell, com si algú les hagués volgut inutilitzar completament. Segurament aquelles pedres havien estat representacions simbòliques de les creences místiques dels indis caribs que havien habitat les illes abans de l'arribada dels colonitzadors.

Els pirates van continuar avançant selva endins i es van enfilar dalt d'un turó rocós que sobresortia enmig d'aquell atapeïment de vegetació tropical.

Des d'allà dalt van poder veure la cara oest de l'illa i les platges de l'altra banda d'on havien desembarcat. Era una illa petita, allargada i estreta, amb una carena de muntanyes d'origen volcànic que la travessava tota.

A mig camí d'aquell turó al mar es divisaven lleugeres columnes de fum que s'enfilaven cel amunt, i al fons de tot, ja a la costa, es podia veure un port de càrrega (on s'havia ficat aquell galió) i la petita població que s'hi havia creat al redós. Ara estaven situats i sabien les dimensions i la forma de l'illa on havien anat a parar.

A partir d'aquell moment es van dirigir, per dins de la selva, cap al lloc d'on havien vist sortir el fum. Per fi van descobrir alguns petits destacaments de soldats espanyols que feien guàrdia en diferents punts de guaita. Els van esquivar fàcilment.

Al cap d'una estona van arribar a les envistes d'una esplanada al peu d'una muntanya petita, on hi havia algunes construccions de fusta tot al voltant. En el talús de la muntanya es veia l'entrada d'una mina, i un cert moviment de gent treballant-hi.

Quan s'hi van acostar més van observar que a l'esplanada hi havia una gran quantitat de soldats armats vigilant el treball dels miners, que entraven ajupits a la mina i de tant en tant sortien arrossegant una petita vagoneta plena de mineral. Aquell mineral era abocat en unes piles a la vora d'un reguerot per on passava aigua, on altres treballadors el rentaven i triaven en uns sedassos. Després, amb una altra vagoneta feien arribar els metalls triats fins a una altra construcció, feta de pedra, i d'on sortia molt de fum, que hi havia entre la mina i la població de la costa.

—Això és una mina d'or —va dir Fetge de Rajada a Ala de Corb.

—Ja ho veig —va respondre aquest. I després mirant els treballadors a través dels seus prismàtics va afegir—: I els miners... semblen indis. Sí, hi ha alguns esclaus negres, com a totes les illes, però la majoria dels qui treballen en aquesta mina encara són indis caribs. Em pensava que ja no en quedaven per aquestes illes, tants com n'hi havia hagut abans.

Es van estar una llarga estona contemplant la mina i els barracons del voltant. En un racó de l'esplanada, unes quantes dones índies amb alguna criatura mestissa a l'esquena, tallaven llenya i encenien foc per cuinar, sota la vigilància ferrenya de soldats armats.

Era un espectacle angoixant. Els indis i els africans, demacrats i en un estat llastimós, treballaven esforçadament sota la vigilància i els constants cops de fuet dels soldats.

Llavors Ala de Corb es va endur els seus homes fins a una petita clariana i els va dir:

—Amics, tinc entès que el somni de qualsevol pirata que es tingui com a tal és de trobar un dia un tresor enterrat en una illa. Sí o no?

—Sííííí!!! —van respondre tots alhora.

—Conxo! —va fer amb veu baixa posant-se un dit davant de la boca—. No crideu d'aquesta manera que, si ens descobreixen, de les nostres tripes, en faran cordes de guitarra. Us deia que nosaltres no hem trobat un cofre enterrat ple de monedes d'or, com sempre havíem somiat, no, sinó una mina plena d'or. Què us en sembla, eh? Tota una mina! Només hi ha una pega: l'or que s'extreu d'aquesta illa el rei d'Espanya l'ha robat als indis caribs. Per tant, us proposo que nosaltres el robem a tan excels monarca.

—Visca!!! —van cridar tots alhora.

—Voleu fer el favor de no cridar? —va fer ell fluixet i indicant silenci amb el dit—. Que no veieu que ens sentiran?

Tothom es va estar més quiet que un mort, com si amb això poguessin neutralitzar el crit que acabaven de fer. Al cap d'uns instants van anar a mirar cap a l'esplanada de la mina per veure si els soldats els havien descobert, però semblava que tot continuava com abans.

—Fantàstic! —va fer Ala de Corb—, podrem aprofitar el factor sorpresa.

Aleshores es va estar una estona rumiant i després va dir als seus homes:

—Nois, ja ho tinc. Anirem a buscar els dos canons

de la corbeta i els instal·larem l'un aquí i l'altre allà. Segur que no s'esperen ser canonejats. Una altra cosa que hauríem de fer és alliberar els indis perquè ens ajudin a crear problemes als soldats, mentre nosaltres ocupem els llocs estratègics. Au!, som-hi!

Van tornar a la platja on havien deixat la *Dragonera* i van explicar el que havien vist als companys que els havien esperat dalt la nau. No cal dir que aquests també es van engrescar una cosa de no dir amb la idea de robar l'or que s'extreia de la mina.

En canvi Doña María va dir, va insistir i va suplicar que es deixessin estar d'or i que se n'anessin de seguida d'allà, perquè encara hi pendrien mal.

Però, és clar, no els va poder convèncer; és com si a un ciclista li diguessis que no ha d'anar amb bicicleta, que pot ser perillós... I com que ningú no li feia cas de res del que ella deia, la pobra noia es va tancar a la seva cambra i va recitar tot el devocionari pregant per als uns i per als altres.

El problema gros que van tenir els pirates va ser traslladar els canons i les municions i tot d'altres coses que portaven: roba, menjar, etc., des de la corbeta fins a aquell emplaçament que havien triat. Però els uns estirant d'aquí i els altres empenyent d'allà, van anar obrint-se camí a la selva.

És clar que, per no ser descoberts, alguns pirates es van haver d'avançar una mica als que arrossegaven els canons, per fer agafar son als sentinelles espanyols que vigilaven. I sí, noi, quan els van clavar un cop de porra al clatell, es van adormir de seguida.

Als qui arrossegaven l'artilleria els semblava que no havien d'arribar mai, però finalment van arribar a les envistes de la mina i van instal·lar-hi tots dos canons.

Un cop ja tot a punt, es van cruspir les provisions que portaven i van beure una mica de rom per alegrar la cosa. Sort que Ala de Corb s'hi va posar fort, perquè alguns s'havien alegrat tant que, per celebrar-ho, ja volien posar-se a cantar una mena d'havaneres de l'època.

I van esperar que es fes fosc.

11

A LA CONQUESTA DEL TRESOR

Un cop la nit va tapar amb la seva foscor totes les coses, Ala de Corb va donar les instruccions als seus homes: ell, Fetge de Rajada i Dents de Tauró baixarien al campament miner i en descobririen el lloc de comandament. Un cop descobert, ells se n'apartarien i els altres l'atacarien amb foc creuat de canó. Quan el sarau hagués començat, i enmig de la confusió que es crearia, Peus de Porc i Kul de Kuk s'arribarien sense ser vistos a la mina i anirien alliberant els esclaus per crear una mica més de confusió encara.

Després, ell, Fetge de Rajada i Dents de Tauró, es van canviar de roba i es van posar unes casaques i unes perruques elegants que duien en un sac i que ja havien usat per disfressar-se a Puerto San Roque. En acabat, van anar baixant del turó on eren i es van presentar a l'esplanada on hi havia les construccions mineres. No baixaven pas d'amagat i en silenci, sinó comentant coses en veu alta i somrient tranquil·lament.

Naturalment, aviat van ser descoberts i detinguts per un grup de soldats que vigilaven les instal·lacions i que van quedar ben desconcertats quan van veure aquells suposats aristòcrates a peu i pel camí de la selva.

I encara van quedar més desconcertats quan el qui semblava que manava més d'aquells nobles personatges els va saludar amb cortesia i els va dir en correcte espanyol, però amb un marcat accent francès, que per favor no els entretinguessin gaire, perquè duien un missatge molt important i molt urgent per al militar de més alta graduació que estava al càrrec de l'explotació d'aquelles mines.

Amb uns quants soldats al davant i uns quants soldats al darrere, mig protegits, mig vigilats, els falsos aristòcrates van arribar a l'explotació minera.

La comitiva va passar pel costat d'una mena de cleda on jeien un grup d'índies engrillonades i algunes criatures mestisses. Després van passar pel mig dels diversos barracons fins a aturar-se davant d'un de situat a l'altra banda de l'esplanada. Aleshores els soldats els van fer aturar, i un dels sentinelles va anar a parlar amb un oficial de guàrdia. Instants després l'oficial es presentava davant d'ells i els demanava que s'identifiquessin i diguessin per què volien parlar amb el capità De la Vega.

—El que hem de dir només ho pot saber el capità De la Vega, perquè es tracta d'un alt secret militar —va respondre altiu Ala de Corb.

Després d'uns instants de vacil·lació el capità els va rebre en el seu despatx, de molt mal humor, perquè la insistència d'aquells cavallers a veure'l immediatament a aquelles hores de la nit l'havia obligat a sortir del llit, i això que li haguessin trencat el son l'havia irritat profundament.

—Nobles senyors —els va dir—, espero que allò que hagueu de comunicar-me sigui de la més suprema urgència i importància, perquè si no és així, és possible que decideixi empresonar-vos i engrillonar-vos fins a rebre instruccions de l'alt comandament de la plaça.

—Senyor capità —va dir serè Ala de Corb—, nosaltres som rics comerciants que hem visitat aquesta illa per fer-hi una inversió econòmica important. I ens hem assabentat que un poderós exèrcit estranger vol atacar l'illa i apoderar-se de l'or. Per això us avisem, perquè pugueu abandonar les mines sense baixes humanes, que sempre són de lamentar.

—Apoderar-se de l'or? Però qui voleu que vulgui apoderar-se'n?

—Sí, què voleu, gent que no està d'acord que us el quedeu vosaltres.

—Però què dieu? Aquest or és del rei d'Espanya, i a ell se li ha d'enviar —va exclamar enfurismat el capità.

—Tot són criteris. Però nosaltres hem cregut que la nostra obligació era avisar-vos. Ara, tot venint, hem vist que aquest poderós exèrcit que us diem ja s'ha apoderat de la ciutat i el port, i estava prenent posicions al voltant de les mines per atacar-les.

—Ha, ha, ha —va riure incrèdul el capità—. Un poderós exèrcit... No em feu riure. Qui s'atreviria a atacar la plaça de Las Doradas? Ni l'esquadra anglesa s'hi atreviria. A més, aquí no ens ha arribat la notícia de cap batalla, ni el so de cap mosquet.

—Sí, ja veig que no esteu gaire ben informats —va afegir Ala de Corb—. En fi, nosaltres ens n'anem perquè no us volem causar més molèsties.

En aquell mateix instant es va sentir el retruny d'una canonada i la finestra de la cambra on es trobaven parlant va saltar trinxada en mil trossos. Després, en la seva trajectòria, la bala de canó va passar entremig dels pirates, va fer la clenxa al mig al cap del capità De la Vega i, finalment, va ensorrar la paret que separava aquell despatx de la cambra de dormir.

Tothom va quedar esglaiat. Fins i tot Ala de Corb i els seus acompanyants, perquè si bé sabien que els seus companys dispararien contra aquella casa, no podien arribar a entendre que ho fessin estant encara ells a dintre.

Mentre tothom tossia a causa de la polseguera que s'havia organitzat amb l'ensorrament de mitja casa, Ala de Corb, espolsant-se la casaca, va treure el cap pel forat d'allà on hi havia hagut la finestra i tot mirant cap a la muntanya va cridar:

—Però, què feu, desgraciats? Una mica més i ens la carreguem nosaltres i tot. No podeu tenir una mica de paciència?

I de lluny, lluny, va arribar una veu que deia:

—Se m'ha escapaaat, se m'ha escapaaat!!!

Aleshores, Ala de Corb, adreçant-se al capità, que s'estava fregant la closca de tant com la hi havia escaldat la bala, li va dir:

—Ja ho veieu, senyor capità, ni poden esperar-se de tanta il·lusió com els fa atacar-vos, prendre-us tot l'or, i fer mandonguilles de tots els que s'hi resisteixin. Si és que són com criatures, ai jo.

—Alto! Quedeu detinguts! —va cridar el capità intentant trobar l'espasa enmig d'aquell desori.

Però, què va, no solament no va trobar l'espasa, sinó que es va sentir una segona canonada i una part del sostre li va caure al clatell:

—Anem, anem, nosaltres —va dir Ala de Corb als seus companys—, perquè si continuem aquí potser encara acabarem prenent-hi mal.

No els va caldre pas obrir la porta, perquè una tercera canonada es va endur tota la paret de davant de l'edifici.

A fora hi havia un guirigall de mil diables: soldats armats fins a les dents corrent cap aquí, soldats amb calçotets corrent cap allà, sense saber gaire si era cap allà cap on els convenia fugir.

El cas era que, des dels dos turons, els pirates havien iniciat un foc creuat de canonades contra els barracons dels soldats i els edificis que hi havia en aquella esplanada de la mina.

El capità també va sortir a l'exterior, però brut de pols com anava i mig despullat i espellifat a causa de les explosions, un dels soldats que corrien esverats per fora el va prendre per un indi que s'escapava i me'l va estabornir d'un cop de cantimplora.

Tot i l'increïble desconcert que s'havia produït, els sotsoficials que hi havia a la demarcació van intentar organitzar-se i repel·lir l'atac, però ja era massa tard.

Enmig d'aquell cacau, Kul de Kuk i Peus de Porc havien baixat fins a la mina i a trets de pistolot havien fet saltar els cadenats que fermaven la cadena on els esclaus estaven engrillonats. Els indis i africans alliberats van anar sortint de la mina brandant pics, pales i aixades i cridant com bojos. No duien uniformes brillants ni avançaven en una formació militar gaire correcta, però us asseguro que feien el seu efecte.

El cas és que els soldats espanyols es van veure atacats per foc d'arcabussos i d'artilleria per davant i per cops d'aixada, de pedra, de pala i de pic, per darrere. I aquella incertesa de no saber si estàs a punt d'empassar-te una bala de canó o, per contra, en aquell instant algú et pensa llaurar el clatell a cops d'aixada, els va acabar convencent que era millor fer bondat i rendir-se. Després de tot, el rei d'Espanya, l'excel·lentíssim Carles II, potser tampoc no els agrairia gaire aquell seu gest heroic de defensar-li la mina.

I ara l'un, ara l'altre, es van anar rendint.

Al capità el van haver d'eixorivir, fent-li olorar aiguanaf, encara que només fos per explicar-li una mica com havia quedat la situació.

A continuació, tots els soldats van ser engrillonats i tancats dins la mina perquè no fessin nosa, ja que encara que aquella batalla l'havien guanyada netament, el pitjor encara havia de venir.

Efectivament, l'illa no era gaire gran, i la remor d'aquell retrunyir de canonades s'havia sentit a la plaça forta i al port de Las Doradas. Algú atacava la mina i la fundició.

A les primeres llums del dia, un cos d'exèrcit de cent cinquanta soldats: cinquanta de cavalleria i cent infants, a les ordres d'un comandant de cavalleria, van enfilar pel camí que duia a la mina. Els altres cent soldats que quedaven a la plaça, sota les ordres del comandant Valdés, van intentar protegir el port i la població, perquè tothom va suposar que d'un moment a l'altre veurien aparèixer algun vaixell que els atacaria per mar en una mena d'atac combinat amb els qui atacaven per l'interior.

Mentre, dalt la mina, els indis caribs i els altres esclaus no se sabien avenir de la seva recuperada llibertat, i no sabien com fer-s'ho per demostrar a aquells estranys personatges tot el seu agraïment.

Ala de Corb els ho va explicar en francès, i veient que no s'entenien de res, els ho va explicar en espanyol, però, els caribs, d'espanyol només comprenien *trabaja, perro* i *venga, más deprisa, cerdo*. Però quan un dels pirates que vigilava el camí que venia del port va cridar: «Ja vénen!», i es va sentir el soroll dels cinquanta genets que pujaven al galop pel camí del port, els indis van entendre perfectament que el que els estava dient Ala de Corb era que o vencien aquells soldats espanyols que ara venien, o ni d'ells, ni dels homes foscos, ni dels pirates, no se'n tornaria a cantar mai més ni gall ni gallina.

Així és que van deixar les mostres d'agraïment per a més endavant, i van envoltar Ala de Corb volent-li demostrar que estaven esperant les seves instruccions. Però Ala de Corb pensava, pensava...

Finalment va cridar.

—Ràpid! Porteu una de les vagonetes de la mina!

Tots hi van córrer. Els pirates perquè l'havien entès i els altres perquè volien ajudar en el que fos i feien el que veien fer als uns.

Entre tots van arrossegar una de les vagonetes de la mina fins al començament del camí que fent mil giragonses baixava fins a la fundició, a mig camí de la mina i el port. Ala de Corb hauria volgut baixar un dels canons que tenien emplaçats al turó i carregar-lo a la vagoneta. Però ja no hi eren a temps, els soldats ja eren pràcticament allà. Per tant, a la vagoneta, només hi van carregar un barril petit de pólvora amb un forat i, d'aquest forat, en van fer sortir un drap cargolat com si fos una metxa. Després van cobrir-ho tot de pedres grosses. Llavors un dels pirates es va enfilar dalt de la vagoneta amb una teia encesa a la mà. Tothom va empènyer la vagoneta fins al començament de la baixada i la van aguantar fins que els soldats que pujaven havien arribat ja a la fundició de metalls. Aleshores la van deixar anar.

La vagoneta s'anava embalant pesadament camí avall mentre els soldats pujaven tan de pressa com podien camí amunt. En un moment donat, el pirata va saltar de la vagoneta. Els soldats prou que van veure un embalum que baixava sorollosament cap on ells eren. El que no es podien esperar és que, quan allò passava estrepitosament com una bala pel seu costat, fes un pet tan fort que a molts d'ells els haguessin de despenjar, amb cavall i tot, dels arbres més alts.

Els cent soldats d'infanteria que, traient el fetge per la boca, pujaven darrere, van sentir l'explosió a menys de tres-cents metres d'on eren i, com si se'ls hagués acabat la corda a tots alhora, van afluixar la marxa. Conxo! Allò anava de debò. L'oficial que els comandava els va ordenar que abandonessin la formació i el camí, per evitar emboscades com aquella, i que es despleguessin i avancessin a través de l'espessa selva.

Angelets! Que avancessin desplegats per la selva... Imagineu-vos, a les primeres llums del dia, és a dir, a les fosques com qui diu, i avançant desplegats per l'espessa selva, on es fa tan difícil utilitzar amb comoditat les armes de foc... Per als indis i els esclaus africans, acostumats a la negror constant de les mines, allò va ser més fàcil que anar a collir bolets un dissabte a la tarda.

La segona batalla també havia estat guanyada. Però encara calia conquerir la plaça i el port.

A la mina hi quedava encara una segona vagoneta. Llavors, amb més calma i ajudats pels exesclaus, que es desvivien per ser útils, van baixar els dos canons que tenien emplaçats i en van carregar un a la vagoneta. Fins a la fundició hi van poder anar pel damunt de carrils, després van portar la vagoneta pel camí de terra. Arrossegant-la primer, i frenant-la després, perquè no s'embalés, van arribar a les envistes de la plaça forta i la van ocultar darrere d'unes mates.

Ala de Corb i Fetge de Rajada van sortir al descobert i es van acostar una mica a la fortificació de la posició espanyola. Per damunt de la muralla i dels troncs de l'estacada que envoltaven la plaça forta, el capità general de la plaça i els soldats que s'havien quedat a protegir-la treien el cap temorosos.

Ala de Corb es va aturar a uns cinquanta metres de la porta i va cridar en anglès:

—Abandoneu la plaça sense oferir resistència. Esteu envoltats per un poderós exèrcit de sa majestat d'Anglaterra i un altre del poderós rei de França, i no teniu cap possibilitat de defensar-vos.

Un silenci absolut va acompanyar les seves paraules. Al cap d'uns instants Ala de Corb va repetir el mateix, però aquest cop en francès. Ja és sabut de tothom que els espanyols no han destacat mai gaire per la seva afecció a aprendre idiomes; per tant, ningú de la plaça no va entendre les paraules que Ala de

Corb havia pronunciat. Però justament d'això es tractava: l'efecte psicològic. Ell hauria pogut repetir-los-ho en espanyol, però va preferir no fer-ho, les coses, quan no s'entenen del tot, acostumen a ser més inquietants que no quan s'entenen perfectament.

I així va ser. Els espanyols havien sentit canonades durant tota la nit a l'interior de l'illa, i no havia tornat cap dels soldats que de bon matí havien anat a investigar què havia passat. Ara, uns individus es plantaven agosaradament davant la porta i deien no se sabia què, però de segur que no era res de tranquil·litzador.

Tot seguit, Ala de Corb i el seu lloctinent van recular fins on tenien el canó camuflat i van llançar una canonada contra la porta de la plaça forta. Ràpidament, ajudats per una colla de caribs, van arrossegar la vagoneta uns quants metres a la dreta i van tornar a disparar. A cada canonada desplaçaven uns metres la vagoneta amb el canó, de tal manera, que de lluny, i camuflats com estaven per la vegetació de la selva, als de la guarnició els va semblar que el foc provenia de canons diferents que disparaven de forma compassada.

Una altra pega que tenien els espanyols és que, com que aquell misteriós atac s'estava produint per terra, els dos vaixells fortament armats d'artilleria que en aquells moments estaven avarats al port no podien intervenir, perquè la mateixa plaça forta s'interposava entre els vaixells i els atacants.

Ala de Corb i els seus sabien que per assegurar-se l'èxit de l'atac havien de procurar que els espanyols no descobrissin la poca força que tenien. Era qüestió d'enganyar-los fent-los creure que estaven envoltats per un nombrós exèrcit d'anglesos i francesos aliats, que ja és estrany, perquè els anglesos i els francesos sempre han anat a mata-degolla, i més en aquella època. Però era allò de l'embolica que fa fort per confondre l'enemic.

Llavors, ocults per la vegetació, van encendre nombroses fogueres a tot el voltant de la guarnició per fer creure als espanyols que una gran quantitat de soldats havien encès foc per fer-se un esmorzar a base de *bacon and eggs* els uns i cafè amb llet i croissants els altres, ja se sap.

El capità general de la plaça, que cada cop ho veia més malparat, va ordenar que la meitat dels seus soldats disponibles fessin una sortida per mar en una de les fragates per intentar trencar aquell setge. Al cap d'una estona, cinquanta soldats es feien a la mar. Però en aquell moment arribava la *Dragonera*, i amb l'únic canó que li quedava, va fustigar sense descans el vaixell, que va haver d'esquivar-la i empaitar-la si no volia ser tocat i enfonsat per aquella miserable corbeta.

Quan Ala de Corb va sentir el foc d'artilleria que venia del mar, va comprendre el que passava, i va témer per la vida de Doña María, si els espanyols enfonsaven la *Dragonera*. Així és que va deixar Fetge de Rajada cuidant-se dels focs i les fumeroles al voltant de la guarnició, i ell amb cinc pirates més i un grup d'uns vint-i-cinc indis i africans van córrer cap als penya-segats de la costa. Quan hi van arribar van veure que la fragata havia ancorat a uns cinquanta metres de les roques i amb la seva artilleria mantenia allunyada la corbeta pirata. Mentrestant, dues barques plenes de soldats s'acostaven a la costa esquivant els abundosos esculls.

Els indis, sempre tan ajudats, ja els volien tirar coses des de dalt, però Ala de Corb els va fer entendre que era millor que s'esperessin que els espanyols fessin l'esforç d'enfilar-se fins dalt de tot de l'espadat, perquè hi arribarien tan cansats que no estarien per a res i ni caldria lluitar contra ells.

En principi va semblar que els indis i els guineans ho comprenien i hi estaven d'acord, perquè van seure allà, tots calladets, a mirar com els soldats s'enfilaven. Però es veu que eren gent inquieta, perquè al cap d'un instant ja estaven cansats d'esperar-se, i llavors, per mirar de distreure's una mica, van decidir de fer punteria amb cocos contra el cap dels espanyols que pujaven paret amunt. Oh!, es van divertir molt, fins i tot va semblar que havien organitzat com un concurs per veure qui en tocava més, i que s'hi jugaven quartos i tot, perquè reien... Va quedar campió un indi jove que tenia el nas molt xato i a qui tots els altres van felicitar efusivament.

Mentre, a la guarnició, el capità general treia foc pels queixals. A tots els soldats que sortien de la muralla semblava que els queia el pèl, perquè ni ajudaven des de fora, ni tornaven, ni res. A més, les fumeres que es veien pertot arreu s'estaven aprimant a ulls vista, o sigui que els atacants devien estar acabant d'esmorzar. Parlant en plata: que l'atac no trigaria gaire.

Llavors va fer un recompte de possibilitats. Li quedaven vint-i-cinc soldats d'infanteria, els vint artillers de les bateries del port, i uns quants civils artesans i comerciants. Era evident que amb això no podia fer front a un atac en gran escala d'un nombrós exèrcit ben preparat. Si abandonava la plaça i fugia amb l'altre vaixell, li farien un consell de guerra i es passaria la resta d'anys de la seva vida en un calabós per desertor. Si no l'abandonava i es quedava allà donant la cara, es passaria la resta de minuts de la seva vida patint per res i sense rebre ni una medalla pòstuma. Noi, era una d'aquelles coses que fan de tan mal triar.

I li va començar a venir una suor freda. I van passar els minuts. I van passar més de dues hores.

Perquè és clar, Ala de Corb havia de tornar fins on s'esperava Fetge de Rajada, parlar de la nova situació i decidir entre tots què era el que més els convenia fer. I fillets, dues hores suant fred, són moltes hores, molta suor i molt de fred.

El cas és que quan Ala de Corb i el seu lloctinent, amb les casaques ben raspallades i les botes ben netes altre cop, es van presentar duent una bandera blanca davant les portes del guarnició, i en nom del poderós exèrcit anglofrancès que tenia la plaça assetjada, van demanar per parlamentar amb el capità general. Aquest havia enganxat un refredat de tals dimensions, que esternudava com un boig, tossia que no parava, li ploraven els ulls, es queixava d'embromament, cap atapeït, trencament d'ossos, no estava per a res, i només pensava a ficar-se al llit amb dues mantes, prendre's una tisana i posar-se un cataplasma al pit. No cal dir que la resta de soldats es van rendir amb autèntic entusiasme.

Havia estat una victòria total, absoluta. Semblava que no podia ser: disset pirates, ajudats pels indis i els guineans alliberats, havien conquerit en poques hores, no solament la plaça forta, que tenia una guarnició de cinc-cents soldats, sinó l'illa sencera de Las Doradas, sense tenir pràcticament cap baixa. Quina alegria que sentien tots!

Aleshores un indi jove, que va dir que es deia Arauak, es va plantar davant d'Ala de Corb i s'hi va estar una estona parlant. Ningú no va entendre res del que deia, però era igual, feia bonic. A més, es veu que devia ser algú important entre els seus, perquè tots els altres se'l miraven i l'escoltaven amb respecte.

El cas és que, quan va acabar de parlar, es va agenollar als peus del pirata en senyal de veneració i agraïment per haver-los salvat la vida i haver-los permès recuperar la llibertat i la dignitat de poble perdudes i escarnides, i tots els altres indis van fer el mateix.

12

CANVI DE PLANS

Mentre, cinc-cents soldats espanyols desarmats i dues dotzenes de civils, asseguts de cul a terra, esperaven temorosos la sentència dels vencedors.

Els indis van començar a esmolar ganivets, perquè, en una assemblea d'urgència que van tenir, van decidir menjar-se els soldats amb truita de patates, és a dir, truita a l'espanyola (recordeu que les patates són un producte americà). I van començar a batre ous i més ous, dels que van trobar en una botiga a prop del port, i a pelar patates com màquines. Però no van poder fer carn picada de tota aquell soldadesca, perquè Doña María va suplicar a Ala de Corb que els perdonés la vida i que els deixés marxar, perquè ara ja no podien fer cap mal. Naturalment Ala de Corb va accedir-hi; a més, havia d'anar amb compte a menjar truites, perquè estava una mica alt de colesterol.

Els indis, que veneraven els seus salvadors, van obeir cegament les indicacions d'Ala de Corb. Si ell deia que aquella colla de lladres i assassins vinguts des de l'altra punta del món havien d'anar-se'n de l'illa, doncs que en bona hora se n'anessin i que no hi tornessin mai més; ell, Ala de Corb, el seu déu, sabia què es feia, per estrany i incomprensible que semblés. Els designis dels déus no es discuteixen.

Així és que els espanyols van ser obligats a pujar tots en una caravel·la desarmada, tots junts, amb aigua i menjar per a una travessia curta. I els van deixar marxar.

Diu que anaven tan estrets, que si un es treia una mà de la butxaca, l'altre s'havia de ficar un dit a la boca. Però van marxar. I contents, contents, que anaven. Qui sembla que va millorar força va ser el capità general, perquè amb aquella suada que va fer d'anar atapeïts d'aquella manera, li va passar el refredat de cop.

Un cop fetes totes aquestes operacions, els indis van dedicar tot un dia i una nit a obsequiar i afalagar, en la mesura de les seves possibilitats, els seus alliberadors. I ja va ser difícil, perquè aquells exesclaus no tenien de res del que volien tenir. I a més, la majoria estaven exhausts, i malalts de treballar a la mina, però, d'alegria, no els en va faltar. Ni alegria, ni oüycou, tot s'ha de dir. (Això de l'oüycou era una beguda alcohòlica que els indis caribs feien de pa de iuca, i que les índies d'aquella illa van haver de continuar fent per als soldats de la guarnició.) I els pirates, ja se sap, mentre hi hagués beguda...

Potser la nota trista va ser que, llavors, els indis van adonar-se amb sorpresa que no sabien cap de les danses o cerimònies dels seus avantpassats. Perquè quan havien arribat els espanyols a l'illa, ja feia uns cent cinquanta anys, els caribs supervivents de la gran batalla van ser fets esclaus i la seva cultura destruïda. Aquests pocs indis que quedaven no s'havien mogut mai de la mina, ni tan sols sabien on quedaven les runes dels seus antics poblats.

És clar que pitjor ho tenien els vint-i-cinc exesclaus africans que hi havia, arrencats feia anys de pobles diversos del golf de Guinea. Aquests sí que havien trencat definitivament amb els seus orígens.

Però mira, un que recordava una dansa de la seva tribu, que feia així, l'altre que encara sabia una cançó que feia això, i l'altre que improvisava el que li venia de gust, el cas és que s'ho van passar d'allò tan bé. I Ala de Corb es va divertir d'allò més tocant el violí. El que passava és que tothom cridava tant, que ningú no el sentia. Però de passar-s'ho bé, s'ho van passar bé. Fins i tot Doña María va sortir a recitar un poema de Lope de Vega, que tothom va agrair i aplaudir amb deliri. Ja se sap, quan la gent està ben avinguda...

El cas és que els pirates van passar dos dies i dues nits més borratxos que garrafes i més contents que un sac de micos. Sobretot quan van descobrir que entre l'or que havien trobat a la fundició i el que van trobar després en un magatzem del port, que esperava per ser embarcat, havien aconseguit vint quilos d'or del més pur en forma de lingots. Aquell havia estat el cop de mà més important de la seva vida. De Record Guiness, vaja. No se'n sabien avenir. Estaven eufòrics.

Aviat van tenir la *Dragonera* carregada amb aquell tresor fabulós.

Mentre, els indis havien descobert les runes del poblat més important de l'illa i havien començat a netejar-lo amb la intenció de reconstruir-lo. I van comprendre que unes enormes pedres trencades que hi havia eren les imatges dels seus déus, i les van tornar a posar dretes. Allà hi van traslladar els seus ferits i els malalts, i les dones van començar a arreplegar materials per tornar a aixecar les cabanes. El grup dels africans es va integrar amb els indis, què podien fer si no, i aquests els van acceptar entre ells. Eren pocs i havien d'ajudar-se.

Doña María intentava ajudar tothom, tenint cura dels malalts i els ferits, embenant ferides i nafres, repartint quinina, donant menjar a les quatre criatures de l'illa, ajudant tots els qui veia més necessitats.

Aquells exesclaus sentien un gran respecte i admiració per ella, no estaven pas acostumats a ser tractats amb afecte per cap persona de pell blanca. I ella, Doña María, es va adonar que allà, entre aquells pobres caribs, se sentia útil i estimada i això la feia sentir important i feliç.

Al cap de tres dies de ser allà, Ala de Corb la va venir a trobar i li va dir:

—María, ha arribat el moment de guillar d'aquí. Si ens entretenim gaire, encara ens trobarem amb una esquadra espanyola barrant-nos el pas.

Ella va deixar a terra el nen que duia en braços i li va respondre:

—I anar-nos-en, on?

—Bé, no ho sé. Potser a La Tortuga, allà trobarem refugi segur. El cas és marxar d'aquí abans que no tornin els espanyols.

Doña María va mirar el nen d'abans, que ara se li agafava a les faldilles, i després va mirar cap al poblat, que indis i africans intentaven reconstruir tan bé com sabien. I després d'un moment de silenci va dir:

—I deixarem aquesta gent aquí?

—És clar —va fer ell a poc a poc—. No ens els podem pas endur amb nosaltres. A més a més, que ells no hi voldrien venir. Aquesta és la seva terra, on vols que vagin?

—Però, què els passarà quan tornaran els espanyols?

—Bé, què els passarà... Doncs... Naturalment s'hauran de defensar...

—Però quines possibilitats tenen de resistir?

—Bé, doncs... de fet no en tenen cap. Don Hernando enviarà una esquadra de guerra. No es poden permetre cap revolta d'esclaus. El rei d'Espanya no li ho permetria. A més, una illa que conté or... Impensable, no se la deixaran perdre.

—Els faran tornar a la mina? —va dir ella mirant els indígenes com treballaven en les seves cases.

—No, segurament a aquests els mataran a tots i ompliran l'illa de nous esclaus africans, com ha passat a tot Amèrica. Ja se sap, María, els monarques volen tota la terra del món per a ells, i tot l'or. La resta, els pobles, la gent, per a ells no té cap importància.

—Però aquests indígenes —va continuar lentament Doña María— també són súbdits del rei Carles, si li supliquen clemència potser els perdonarà la vida.

Això darrer ho va dir, però sense cap convenciment... A més a més, era vida estar-se sempre, nit i dia, furgant dins d'una mina?... Com era tot de diferent a com li ho havien explicat sempre...! Que boniques les paraules i que distinta la realitat que havia descobert! I sense poder fer-hi res, es va posar a plorar.

Ala de Corb la va abraçar tendrament. La innocència que ella demostrava era una de les coses que més li agradaven d'aquella noia.

Al cap d'uns instants, ella es va separar una mica i mirant-li els ulls li va dir:

—Jacques.

—Sí?

—Jacques... i si els ajudem? Ells confien en nosaltres, ens tenen per uns déus que hem vingut a alliberar-los.

—María, xata, no saps què dius. Com vols que els defensem? Don Hernando vindrà amb molts soldats.

—Però jo li parlaré i...

—María, que no escoltaran, que vindran a carregar-s'ho tot.

—Doncs ens defensarem.

—Que no veus que només som divuit?

—I ells? —va fer assenyalant els indígenes.

—Ells són molt pocs, estan molt dèbils i només saben lluitar amb llances.

—Però a les dues fragates que hi ha al port hi ha armes i canons. Ensenya'ls a defensar-se. A més, jo també puc ajudar.

Ala de Corb estava emocionat. És a dir, que aquella noieta tan càndida i innocent li estava donant lliçons de coratge, a ell, a Ala de Corb, el terror del mar, a ell que mai no havia reculat davant de cap obstacle. I la va tornar a abraçar molt més fort que abans. Finalment va afegir:

—Hauré de parlar amb els de la colla. No sé com s'ho prendran.

—Prova-ho, tu saps parlar molt bé.

I tots dos, muntats dalt de cavall, van baixar fins a la població on els pirates estaven fent de les seves a dins d'una taverna.

Aleshores, Ala de Corb va reunir els seus homes i els va dir:

—Escolteu, nois, se m'ha acudit una cosa —tots se'l van mirar—. No ens precipitem i estudiem amb calma la situació. Ara què voleu fer?, carregar la *Dragonera* amb tot l'or que puguem endur-nos i tornar a La Tortuga, oi?

—Sííííí!!! —van cridar tots, eufòrics.

—I què pensàveu fer un cop arribats a La Tortuga?

—Que què pensàvem fer? —van exclamar tots alhora, estranyats—. Doncs el que fem sempre quan hi tornem: emborratxar-nos de rom per celebrar que aquest ha estat el robatori més gran que hem fet al rei d'Espanya, i després gastar-nos tot l'or jugant als daus i amb les dones més boniques de l'illa.

—I quan us ho haureu gastat tot? —va fer ell—, perquè de la manera que gasteu vosaltres això us durarà quatre dies.

—Sí, ves, quin remei, embarcar-nos per robar més or i viure noves aventures.

—Llàstima! —va exclamar Ala de Corb, i sense dir res més va fer veure que se n'anava.

—Llàstima? —van exclamar estranyats els homes—. Per què dius llàstima? Que no és això el que fan sempre els pirates?

—Els pirates normals potser sí —va dir ell—, però jo em pensava que nosaltres érem un grup diferent. Francament, em pensava que formàvem un equip d'un gran sentit ètic i professional. Però és clar, potser tampoc no tinc dret a demanar-vos que vulgueu ser sempre els millors.

—Però, per què ho dius, que no som els millors?

—Doncs, perquè si tots plegats fóssim pirates de debò no ens conformaríem a robar uns quants lingots d'or, encara que fos el tresor més important que mai haguéssim aconseguit. Si fóssim autèntics professionals, amb un gran sentit de superació, aprofitaríem aquesta ocasió única per robar al rei d'Espanya, no solament l'or que tenien a punt per embarcar, sinó tota l'illa de Las Doradas.

—L'illaaaaaa? —van exclamar sorpresos els filibusters.

—I per què no? —va continuar Ala de Corb—. El meu rebesavi va participar en la conquesta i fundació de La Tortuga, i la va convertir en un refugi de pirates inexpugnable. Per què no podríem fer nosaltres el mateix amb aquesta illa? Us imagineu robar tota una illa plena d'or a la Corona espanyola? Això sí que seria robar i no el que fem nosaltres. És clar que per això caldria que jo disposés d'un equip d'homes capaços, valents i agosarats com ningú... I ja veig que a vosaltres us fa una por terrible... —els pirates se l'escoltaven amb molta atenció. Ala de Corb va continuar—: I ja és llàstima, ja, perquè aquí l'or no ens l'acabaríem mai. A sota terra n'hi ha tant com vulguem. A més a més, per què el volem, l'or, per emborratxar-nos? Els nostres amics indis tenen un beuratge més fort que el rom i més embriagador. Que potser en aquesta illa us faltarien dones? Les índies d'aquesta illa no saben què fer per agrair-vos que les hagueu alliberades de l'esclavatge en què les tenien els espanyols. Tot l'or que vulguem, beguda a dojo, menjar exquisit, tot l'amor que podíem somiar. I més encara, tot l'agraïment profund d'un poble generós com cap altre. Ésser tractats com a déus salvadors durant tota la vida... Nois, si això no és el paradís terrenal, ja m'explicareu vosaltres què deu ser... —es va produir un llarg silenci, després del qual Ala de Corb va continuar una mica entristit—: És clar que per això caldria un coratge que sembla que vosaltres no teniu...

—Però Ala de Corb —va dir Fetge de Rajada en nom de tots els homes—, nosaltres sempre robem i fugim. Que no veus que després d'aquesta revolta que s'ha produït, d'aquí a quatre dies els espanyols tornaran amb una poderosa esquadra i ho arrasaran tot, ni tan sols faran presoners, mataran tots els indis i repoblaran l'illa amb esclaus africans, com han fet sempre?

—Això és el que passarà si nosaltres ens n'anem. A més, penseu que aquesta gent ens ha ajudat en la lluita.

—Però com vols fer front a tota una esquadra espanyola fortament armada?

—Sí, ja veig que no serà fàcil. Haurem de protegir tots els llocs de l'illa on es pugui desembarcar. Tenim totes les bateries que hi ha al port i les dels vaixells capturats, per començar.

—No serà prou. Vindran amb molts soldats.

—Pararem trampes per tota l'illa, els indis ens ajudaran. A més, no van aconseguir els nostres avantpassats convertir l'illa de La Tortuga en un feu inexpugnable? Doncs, per què nosaltres no hem de ser capaços de fer el mateix amb aquesta illa? De passar a la història com els pirates més valents i més agosarats del món. Que els nostres noms figurin a la llista de les més nobles gestes que s'han fet mai en aquestes aigües. Que un cop morts, a les nostres tombes hi pugui figurar una làpida que digui: «Als homes que van saber robar tota una illa d'or sencera al monarca més poderós del món».

Els pirates havien quedat immòbils escoltant entusiasmats les paraules del seu jove capità, fins que amb els ulls plens de llàgrimes i engrescats per aquell discurs abrandat van exclamar:

—Viscaaaaa!!!! Visca Ala de Corb, el més valent de tots els filibusters!

—Així, què?, puc comptar amb vosaltres?

—Síííí!!!! —van cridar tots a una sola veu.

—Doncs la idea ha estat d'ella, de Doña María, apa!

—D'una dona? —van exclamar arrufant el nas—. No pot ser.

—Sí, d'una dona amb coratge i sentit de la justícia.

Es va produir un moment de silenci, fins que al cap d'uns instants tots van cridar:

—Visca Doña María, la més valenta de les capitanes filibusteres!!!

I ella els va somriure.

—Au, vinga! —va afegir Ala de Corb—. No podem perdre temps. El primer que hem de fer és descarregar els canons de les naus que hi ha al port, perquè molt em temo que haurem d'instal·lar bateries d'artilleria als llocs més perillosos de l'illa.

—Som-hi! —van cridar els ferrenys mariners, i van córrer cap al port com aquell que corre per arribar el primer i poder seure a la millor cadira abans de començar un gran espectacle.

Ala de Corb i Doña María es van agafar de la mà. Allò funcionava. Aleshores van pujar dalt d'un cavall i van anar a entrevistar-se amb Arauak, el cabdill dels caribs.

Quan van arribar al poblat, els indis i els guineans els van sortir a rebre contents. Arauak, que es trobava ajupit polint una pedra, es va incorporar sense dir res. Ells van aturar el cavall davant mateix del cabdill, Ala de Corb va baixar a terra i, mirant-se'l fixament, li va posar les dues mans a les espatlles i li va somriure. No s'entenien parlant, però Arauak va comprendre perfectament què li volia dir el cabdill dels homes estranys que els havien alliberat. Li volia dir que no els abandonaria. I l'indi, agraït, se li va agenollar als peus. Immediatament tots els altres van fer el mateix.

—Per favor, Arauak —va dir Ala de Corb—, en comptes d'agenollar-vos, el que heu de fer és ajudar-nos, que tenim molta feina i molt poc temps abans no tornin els espanyols. I aquesta vegada, t'ho asseguro, vindran disposats a matar. Ni per esclaus no ens voldran, si ens agafen.

I els indis i els africans van ajudar, i tant, si van ajudar.

13

Dies de feina

Ala de Corb i els seus homes el primer que van fer va ser resseguir a cavall tot el perímetre de l'illa, estudiant sobre el terreny els punts on es podria produir un desembarcament.

Van descobrir cinc zones perilloses: el mateix port i la ciutat, encara que era difícil que s'atrevissin a atacar per aquí, i diverses platges i zones de roques baixes, per on era fàcil que les barcasses espanyoles intentessin atracar. La resta del perímetre de l'illa era de difícil accés des del mar a causa dels esculls coral·lins superficials, que no permetien el pas de les barques, i els espadats que vorejaven la major part de la costa, i per on era impossible o molt difícil enfilar-se.

Per mar es van transportar canons als llocs més perillosos. I hi van instal·lar diverses bateries ben camuflades, que cobrissin amb foc creuat les platges i zones de fàcil accés. Els punts de vigia que ja tenien els espanyols van ser reforçats i protegits també amb foc de canó.

Només quedava la platja llarga de la banda sud de l'illa, i aquesta sí que era de difícil protecció, perquè era un espai obert, d'uns tres-cents metres de llargada, amb sorres netes i somes, i per on no haurien pogut aturar un desembarcament nombrós i protegit alhora des del mar per foc d'artilleria. Aquella platja calia protegir-la d'una altra manera.

Hi van rumiar amb calma. Ja que no podrien impedir que els soldats desembarquessin en aquella platja, doncs no ho impedirien, al contrari, els atraurien cap allà i els pararien una trampa quan haguessin desembarcat.

La platja tenia uns trenta metres d'amplada i a partir d'allà començava una atapeïda selva de cocoters. Llavors Fetge de Rajada va tenir una idea brillant: les palmeres es convertirien en catapultes que podrien llançar cocos o pedres contra la platja.

Tothom es va posar a treballar sense descans. Moltes palmeres van ser tallades perquè no fessin nosa. Moltes altres es van ajupir lligades amb cor-

des i damunt els van lligar unes xarxes, com si fossin enormes bosses, plenes de pedres.

Les cordes es van tensar. De cop, Fetge de Rajada, que era qui dirigia l'operació de les catapultes, va sortir disparat enlaire, davant la sorpresa de tothom; segurament devia trepitjar alguna de les xarxes; el cas és que després de dibuixar a l'espai una trajectòria en forma d'arc, va anar a parar dintre del mar.

—Funciona! Funciona! Visca! —va cridar quan va treure el cap de l'aigua.

Aleshores es va posar a nedar cap a la platja, més content que un gínjol. I quan va arribar on els indis l'esperaven amb la boca oberta, va començar a donar ordres:

—Hem de corregir l'angle de tir. Hem de carregar més les bosses. Hem de treure aquestes palmeres que fan nosa... Vinga! Més pedres! Més cocos! Més cordes! Més xarxes!...

A més a més, van excavar una infinitat de pous i rases a la platja, que van cobrir després amb fulles de palmera i sorra pel damunt. De tal manera que, al cap de disset dies de treballar sense descans, tota aquella platja va acabar essent una trampa de sots, pous, bombes, catapultes i paranys de tota mena.

I van tornar tots cap al poblat. Bé, tots no, perquè Fetge de Rajada no tornava de cap manera. Finalment van decidir anar-lo a buscar i, naturalment, el van trobar, emprenyat com una mona, dins d'un dels pous que ell mateix havia excavat. Però quan el van alliberar li van passar els nervis de seguida i va exclamar convençut:

—Doncs això dels pous funciona. De debò, des de dintre no hi ha manera de sortir-ne. Per cert, com és que heu trigat tant a venir a salvar-me?

I van anar passant els dies enmig d'una calma tensa. Des dels punts més alts de l'illa els indis caribs vigilaven nit i dia la immensa extensió del mar.

I es van dedicar a reconstruir els seus poblats i els seus déus. Van protegir-los amb estaques i fossars. I van anar construint fletxes i llances per a la gran batalla que sabien que tard o d'hora es produiria. Aquells homes de la pell de ferro i els cavalls, que un dia maleït havien arribat per allà on neix el sol, tornarien. Segur que tornarien, matant-ho tot, arrasant-ho tot, per prendre'ls fins a la darrera engruna del metall groc que hi havia a les entranyes de la terra. Però ara no tornaria a passar igual. Ara ells ja no els rebrien en so de pau com havien fet els seus avis. Ara defensarien amb les dents la seva terra i la seva llibertat.

14

JA SÓN AQUÍ

Ala de Corb i Doña María s'havien instal·lat en una de les cases de la població emmurallada.

Van ser uns dies d'alegria perquè estaven junts, i d'angoixa perquè no sabien quant de temps duraria. Tan bonic com hauria estat poder viure per sempre més en pau en aquella illa meravellosa.

Un matí es va obrir la porta de la casa i un dels filibusters va entrar-hi corrents:

—Ala de Corb, del turó de la banda sud surt fum!

—Fum? —va dir aquest aixecant-se d'una revolada de la taula on escrivia—. Arauak ens avisa. Ja els tenim aquí. Correm-hi!

S'havia anat escampant la veu. Tothom va anar cap a les muralles de la costa. Des del port no es veia res. Llavors Ala de Corb i uns quants dels seus homes van pujar dalt de cavall i van córrer cap a l'altra banda de l'illa, al mirador esplèndid que feia un espadat molt alt.

Quan van arribar-hi ja hi van trobar Arauak i un grup d'uns vint-i-cinc indis i índies mirant el mar. Al lluny es veia una flota de quatre enormes embarcacions de guerra, que devien transportar entre totes més de mil soldats fortament armats. En canvi, ells eren disset pirates, cinquanta-sis indis útils i vuit exesclaus africans. En total eren vuitanta-una persones per protegir tot el perímetre de l'illa. La cosa no es presentava fàcil.

Les enormes caravel·les van anar resseguint tota l'illa fins a situar-se just davant del port. I lentament s'hi van anar acostant per desembarcar. Els defensors van anar ocupant els seus llocs.

Llavors Ala de Corb, que mirava a través dels seus prismàtics, es va adonar que una de les caravel·les portava el distintiu del governador. Efectivament, el governador Don Hernando de la Fuensanta y de Somoza havia vingut a dirigir personalment l'assalt de l'illa i l'eliminació de tota resistència.

Els assaltants es van anar aproximant cada cop més. Fins que van descobrir la corbeta dels pirates ancorada en un racó del port, al costat dels altres vaixells. Els pirates no havien pogut treure-la a alta mar per protegir-la, perquè tots els homes es necessitaven per aguantar l'atac.

Aleshores, la nau del governador va disparar una canonada per avisar la resta de la flota que, contra tot pronòstic, els pirates no havien abandonat encara l'illa de Las Doradas.

Com era possible que no haguessin robat tot el que haguessin pogut i haguessin marxat després? Bé prou que devien suposar que les tropes reials no trigarien a ocupar de nou l'illa i a sufocar la rebel·lió dels esclaus...

A una distància prudencial les caravel·les es van aturar, i el governador va donar ordres als assaltants. Al cap d'una estona la caravel·la del governador es va aproximar més i després es va col·locar de costat, en posició de tir. Tot seguit va iniciar un canoneig incessant contra el port, els vaixells ancorats, la població i tots els seus voltants. Mentre, les altres tres naus, sota el comandament del general Ramírez, van recular un altre cop per on havien vingut, i dues de les caravel·les es van anar aproximant a la platja llarga per iniciar-hi un desembarcament. I encara una altra caravel·la va continuar explorant la costa per trobar un altre lloc apropiat per desembarcar i poder atacar simultàniament des d'un altre costat.

A la plaça forta i al port el canoneig va ser tan intens que els pirates van haver d'abandonar la població i protegir-se darrere dels primers turons. Però no van respondre al foc dels assaltants amb les bateries que ells tenien camuflades a les entrades del port. Van preferir no exposar-se ni exposar els canons i reservar-se per a quan els espanyols intentessin desembarcar.

Ala de Corb i els seus homes s'ho miraven tot des d'un promontori on tenien una bateria instal·lada i des d'on veien tot el que passava al port. En un moment donat, van agafar-se els uns als altres sense dir-se res. La *Dragonera* acabava de ser tocada diverses vegades a la línia de flotació i començava a enfonsar-se. Ala de Corb no se'n sabia avenir, la corbeta que li havia deixat el pare, la seva companya d'aventures que l'havia portat a tants llocs, s'enfonsava per sempre més en aquell miserable port de Las Doradas, al costat de tots els altres vaixells que hi havia, que també es van anar enfonsant l'un darrere de l'altre trinxats per aquella pluja de foc implacable. A alguns d'aquells homes ferrenys, mirant l'enfonsament de la *Dragonera*, se'ls van entelar els ulls.

Tot el port havia quedat cegat per les naus enfonsades. O sigui, que la caravel·la espanyola no hi podria entrar i el desembarcament l'haurien de fer amb barques. Això jugava a favor dels pirates, perquè les barques plenes de soldats sempre serien més abastables per als seus canons, que no pas les caravel·les tan fortament artillades.

Mentre, a la llarga platja de la zona sud, dues caravel·les més havien iniciat el desembarcament de soldats, cavalls i canons portàtils amb deu barcasses alhora.

Fetge de Rajada amb quatre pirates i Arauak amb vint-i-dos indis i tres africans eren els encarregats de protegir aquell indret aparentment tan indefensable. Les barcasses plenes de soldats, de cavalls i de material de guerra, anaven acostant-se a la platja. Quin efecte que feien! Semblava que cap força humana no podria aturar-les. Però...

Fetge de Rajada i els seus companys van córrer amb espases i destrals cap a les palmeres ajagudes, tensades amb cordes i carregades de senalles plenes de cocos.

Les primeres barcasses ja havien arribat al trenc d'ona i els primers soldats ja saltaven a l'aigua blanca d'escuma amb els arcabussos a la mà.

—Ara! —va cridar Fetge de Rajada.

I, de cop, vint-i-cinc espases van tallar vint-i-cinc cordes tibants i vint-i-cinc palmeres ajagudes van rebrincar-se amb força, i vint-i-cinc senalles plenes de cocos i Fetge de Rajada, que s'havia tornat a enganxar un peu en una senalla, el tio, van sortir volant pels aires per anar a caure damunt dels assaltants. Bé, Fetge de Rajada no, perquè com que era tan prim i pesava poquíssim, va passar per damunt de les barques i va anar a parar enmig del mar, entre les barques que desembarcaven els soldats i els dos vaixells.

No tots els cocos van tocar el cap d'un soldat, naturalment, però mitja dotzena d'arcabussers van caure estabornits d'una cocada al mig de la closca, i encara sort que portaven el casc ben posat, que si no... A més a més, els cavalls, així que rebien un cop de coco, s'inquietaven una cosa de no dir, i com que volien fugir, acabaven caient a l'aigua i arrossegant soldats al seu pas.

Aquell atac sorpresa a base de pluja de cocos va crear una gran confusió entre els assaltants, que durant uns moments van vacil·lar. Però com que cada cop eren més les barques que arribaven a la platja, i cada cop eren més i més els soldats que s'hi concentraven, el seu propi nombre els va encoratjar i els oficials espanyols, donant ordres amb l'espasa a la mà, van aconseguir que tots es llancessin a la conquesta d'aquella platja tot disparant a cegues contra el palmerar.

Però els indis i els africans havien agafat gust a allò del tir de coco a discreció. I les palmeres que saltaven amunt eren ràpidament ajagudes de nou i recarregades de cocos i pedrots que tornaven a enlairar-se sense descans. Travessar els trenta metres de platja descoberta no era precisament una aventura fàcil i, a molts dels assaltants, els ho van haver d'explicar després, perquè anaven caient estabornits, ara aquí, ara allà. Em sembla que d'aquí va venir aquella cançó que diu: «Duérmete niño, duérmete ya que viene el coco...»

Però molts i molts soldats van aconseguir passar la meitat de la platja i protegir-se darrere de les primeres dunes, on van començar a muntar petites peces portàtils d'artilleria per batre el palmerar. El que va passar és que aquella era la segona trampa que els tenien preparada els defensors.

Quan, darrere les primeres dunes, ja hi havia concentrada una gran quantitat de soldats que prenien alè per córrer fins a la vegetació, es van encendre unes metxes i: sssstttt... PUUUUMMMM!!! Ara aquí, ara allà, uns quants barrilets de pólvora que algú havia amagat estratègicament darrere de les dunes van començar a esclatar tot provocant el pànic entre els assaltants, que van recular fins a les barques. Desconcertats i indignats, no comprenien com quatre salvatges i infidels podien oferir aquella estranya resistència, feta d'una barreja de cocos i bombes, que els estaven causant tantes baixes.

Però bé que tot té un límit. Els cocos preparats per a la benvinguda es van acabar i els barrilets de pólvora, un cop causat el seu efecte destructiu, ja no podien tornar a ser substituïts.

I com que des dels vaixells havien vist tot el que havia passat a la platja, en aquell moment les peces d'artilleria van començar a batre tota la línia de vegetació de la costa amb la idea d'eliminar-ne els defensors. El que passa és que això també va obligar els soldats assaltants a estirar-se a terra o a córrer amb els cavalls cap als extrems de la platja per no ser precisament ells també víctimes de la seva pròpia artilleria.

—Anem-nos-en! Fora tothom! —va cridar Mà de Ganxo, veient el caire que anava prenent la situació—. Aquí ja no hi podem fer res més.

I tots van allunyar-se d'aquell palmerar que saltava trinxat pels aires a cada canonada.

Quan al cap d'una bona estona els canons es van afartar de matar cocoters, desplomar lloros, escuar micos, i van emmudir, les tropes assaltants, recuperada una mica la confiança, es van llançar de nou a l'assalt d'una zona que ara ja no defensava ningú. Bé, el que passa és que ara el que els esperava era un autèntic laberint de rases profundes i pous coberts per fullaraca i sorra que anaven engolint tants soldats com anaven penetrant a la primera línia de la malmesa vegetació. I fa una cosa veure com el company que va davant teu, armat fins a les dents, desapareix talment com si se l'hagués empassat la terra... fa una cosa...

L'altra caravel·la, la que havia intentat un desembarcament en una altra platja de la zona sud, no va pas tenir més sort, perquè el grupet de pirates, caribs i africans que quedava va barrar-li el pas a base de foc creuat de canons instal·lats i ben protegits a les roques que tancaven la badia, i que es dedicaven hàbilment a encertar les barques que s'atrevien a acostar-se a la platja. Llavors, els soldats que es quedaven sense barca i queien al mar tenien dues opcions: l'una era arribar nedant fins a la platja, on una dutxa de fletxes, pedres llançades amb mandró i foc de mosqueteria els esperava amablement; i l'altra era tornar-se'n nedant fins al vaixell. El que passava és que el vaixell era una mica lluny, perquè no volia exposar-se al foc d'aquelles bateries que defensaven la costa. Així és que els que van triar aquesta segona opció, que després de tot, era la més segura, van arribar tan cansats a la caravel·la, que no podien moure ni les pestanyes. I encara no hi van arribar tots, ja se sap, sempre hi ha gent que calcula malament les distàncies...

Total, que entre una cosa i altra, els desembarcaments que pretenien agafar la plaça forta per darrere, mentre els soldats del governador l'atacaven pel davant, no es van produir. Què hi voleu fer?

15

El governador no ho veu clar

Quan el governador va entrar a la plaça forta tot estava destruït a causa de l'implacable bombardeig a què l'havia sotmès. Però allí dins no hi havia ningú, tot estava abandonat. Van escorcollar els edificis, res, no hi havia ningú. Naturalment, va pensar que aquells pobres esclaus revoltats havien fugit a l'interior de les muntanyes quan el devien haver vist arribar. Només era qüestió de fer una batuda a cavall i liquidar la insurrecció.

Va ordenar que els vint-i-cinc genets que havien desembarcat fessin una batuda a l'exterior. I els cavallers van muntar en formació d'atac, amb les llances sota el braç.

Però just quan van obrir la porta de l'estacada per sortir a la plana, un retruny de canons i foc de mosquets, que venien de la boscúria de davant mateix de la porta, va desdir-los de sortir, sobretot als deu cavallers que anaven davant, perquè ja no es van tornar a aixecar de terra, ni ells ni els cavalls; pobres bèsties!

Al governador, els ulls li sortien de les conques de tanta ràbia com sentia. És a dir, que aquells desgraciats li havien parat una trampa. No sabien el que es feien. Va intentar una segona sortida, però amb el mateix resultat que l'anterior. No podia atacar-los per un altre costat, perquè quedava encaixonat entre roques i l'única sortida que tenia era la de la porta de l'estacada, i ja es veia que aquell punt els pirates el tenien molt ben controlat, fins i tot amb artilleria. Per tant, va canviar de tàctica. De moment, per protegir-se d'un possible atac exterior, va fer reconstruir mínimament l'estacada que ell mateix havia trinxat a canonades des del vaixell.

De fet, creia ell, només era qüestió d'esperar que les nombroses tropes del general Ramírez, que havien desembarcat a l'altra banda de l'illa, arribessin allà per agafar els defensors entre dos focs, i llavors tota resistència s'hauria acabat. Quines ganes que tenia d'agafar Ala de Corb entre les seves mans...! Com li faria pagar de cares totes les humiliacions a què l'havia sotmès...!

Però passaven les hores i les tropes exteriors no arribaven. Ja era ben estrany, després del tot, no eren tan lluny... Els soldats, parapetats darrere de la fortificació, començaven a agafar gana. No havien previst que aquell assalt durés tant.

Prou! El governador estava que treia foc pels queixals. O sigui que, d'una manera o altra, li havien posat setge a ell, a Don Hernando de la Fuensanta y de Somoza, al governador de l'illa del Santo Espíritu i tota la zona oriental de les petites Antilles. A ell, victoriós en tantes campanyes contra francesos, portuguesos, sicilians, catalans, italians, anglesos i holandesos. Ell, que havia fet una brillant carrera militar en totes les terres i mars de l'Imperi, i havia acumulat tot un seguit de medalles i distincions, ell, ara es trobava assetjat per una colla d'arreplegats i de salvatges.

De moment va enviar una barca a buscar queviures a la caravel·la, que s'esperava a l'entrada del port. Va creure que potser amb la panxa plena veuria les coses d'una altra manera.

Però quan la barca, carregada fins a dalt de teca, ja tornava a port, i tant ell com els seus soldats la veien venir i se'ls feia la boca aigua només de pensar que es fotrien com càntirs de tant menjar galetes remullades, la barca en qüestió va ser enfonsada pel foc creuat d'unes misterioses bateries instal·lades i ocultes a les roques de banda i banda del port.

Immediatament des de la caravel·la van respondre amb foc de canons, però no podien destruir aquestes bateries, perquè no donaven ben bé per la banda de mar obert, sinó que quedaven a l'interior, protegides per roquissers abruptes.

El governador i els soldats concentrats al moll encara tenien la boca oberta de salivera, d'indignació i de sorpresa, quan van sentir els crits d'alarma dels oficials que vigilaven des de l'estacada.

—Ens ataquen!

Tothom hi va córrer. A l'exterior, a uns trenta metres de la porta, hi havia dues persones dalt de cavall, que desarmades i duent una bandera blanca s'acostaven a poc a poc a parlamentar. Una era Doña María Íñigo Medellín, altiva, preciosa, amb els cabells estesos al vent, vestida de blanc immaculat, però sense cap joia. Al seu costat, Ala de Corb, vestit també amb els seus millors arreus. Tots dos avançaven decidits. Es van aturar a uns vint metres de la murada.

—No dispareu! —va cridar ell—. Volem parlar amb Don Hernando de la Fuensanta!

—Doña María! —va exclamar el governador en veure-la—. No us preocupeu que aviat us alliberarem dels vostres segrestadors. Tinc mil soldats avançant cap aquí per acabar amb aquesta absurda revolta.

—Don Hernando —va respondre ella orgullosa—, d'això és del que us volia parlar: jo no estic segrestada. Visc amb aquesta gent per la meva pròpia voluntat i sóc, també per pròpia voluntat, l'esposa del capità de corbeta Jacques Lagarden, que m'acompanya, i al qual ja coneixeu.

—L'esposa de... —va balbucejar el governador—. Però, què dieu? Com podeu ser l'esposa de...? Vós sou la meva esposa!

—No ho cregueu, Don Hernando. Sóc l'esposa de qui estimo.

—L'esposa de... Però la... Qui us ha casat? Eh? Com podeu acreditar que...

—Nosaltres, ens hem casat.

—Que vosaltres us heu... Però com podeu vosaltres... Amb quines atribucions?... Això és un sacrilegi infame! —va saltar el governador horroritzat, acostumat com estava a les convencions socials més estrictes de l'època.

—D'això, senyor governador —va interrompre Ala de Corb—, és que ella i jo tenim son, perquè avui, amb tots els preparatius per a la vostra arribada, estem una mica cansats. Per tant, només us hem vingut a veure per dir-vos que us perdonem la vida i la de tots els vostres homes, si abandoneu l'illa de Las Doradas i la torneu als seus autèntics propietaris, els indis caribs que encara queden, que són ben pocs comparats amb els molts que hi havia abans per aquestes terres. Després, us n'aneu tranquil·lament per on heu vingut i no torneu mai més. Ho heu entès?, mai més.

El governador estava bocabadat, però com s'atrevia aquell pollós de pirata a parlar-li d'aquella manera, a ell, tot un governador colonial de la Corona espanyola? I anava a aixecar la pistola per engegar-li un tret. Però Ala de Corb, que ho va endevinar, li va dir:

—Senyor governador! Ja hem tingut prou paciència amb vós! Aneu-vos-en ben lluny i no torneu mai més. Si no, us la carregareu de valent. Us tenim completament envoltats.

—Ah! Ah! Ah! —es va posar a riure incrèdul el governador—. Nosaltres sí que hem perdut prou temps amb vosaltres: un proscrit i una sacrílega! Què us heu pensat?

Don Hernando parlava amb els dos joves, però tot sovint mirava al lluny, per on se suposava que d'un moment a l'altre havien d'aparèixer les tropes del general Ramírez. Ala de Corb, que li va endevinar les intencions, li va dir:

—No us hi amoïneu, a voler entretenir-nos per guanyar temps fins que arribin les tropes de reforç. Els soldats que han desembarcat a les platges no us vindran a ajudar. A hores d'ara ja són tots morts o fets presoners. I molt serà si entre Doña María i jo podem aturar el desig de venjança dels indis.

El governador i els seus oficials estaven desconcertats. Les altres tropes ja havien de ser allà, l'illa no era tan gran. Què els devia haver passat?

—Bé, què responeu? —va preguntar Ala de Corb—. Els meus homes esperen instruccions. Us rendiu?

—Mai! —va cridar histèric Don Hernando.

—Doncs vós ho heu volgut —va dir Ala de Corb—. Anem, María, maca, que aquest home no s'avé a raons.

En aquell moment, per la banda de mar, es va sentir un soroll fortíssim, com si mil bombes haguessin explotat alhora, i tot va trontollar. Tothom es va girar i va veure una columna de fum atapeït que s'enlairava. La caravel·la que estava ancorada a la bocana del port acabava d'explotar en mil bocins. Els espanyols van córrer fins al port per veure què havia passat i encara van ser a temps de veure com les aigües s'empassaven el casc encès i esmicolat.

Don Hernando estava trasbalsadíssim i els seus soldats estaven horroritzats. Quina arma devien tenir aquells pirates que els ensorraven vaixells sencers amb una sola explosió?

Però, Ala de Corb, Doña María, i tots els altres defensors de l'illa, també estaven tan sorpresos i estranyats com els mateixos espanyols. Què havia passat que la caravel·la del governador acabava de desaparèixer?

16

L'AVENTURA DE FETGE DE RAJADA

Doncs havia passat que quan Fetge de Rajada havia sortit disparat perquè se li havia enganxat un peu en una senalla plena de cocos, va caure al mar. I és clar, un cop al mar, què havia de fer? Doncs nedar i nedar, i a poder ser, més de pressa que els taurons. I va nedar fins a un dels vaixells espanyols.

Un cop hi va arribar, es va enfilar per la cadena de l'àncora i va penetrar, sense ser vist, a l'interior de la nau. Tots els soldats estaven intentant desembarcar a la platja, i tots els mariners estaven abocats a la barana observant les peripècies dels soldats. O sigui, que a la caravel·la estaven bastant distrets, com qui diu. I aquesta curiosa circumstància el pirata la va aprofitar per, primer, omplir-se les butxaques de medalles, monedes i objectes diversos que va trobar en una de les cambres dels oficials; després, vestir-se amb roba d'oficial per passar més desapercebut; i, finalment, per calar foc a la santabàrbara del vaixell. Naturalment, carregat de pólvora com anava, va fer un pet com un aglà d'allò tan espectacular.

I Fetge de Rajada s'ho va mirar mentre s'allunyava en un petit bot que ja s'havia espavilat prou a llançar a l'aigua.

Després va remar, remar i remar fins a arribar a l'entrada del port. Però, com que no hi va poder entrar perquè hi havia la caravel·la del governador que li barrava el pas, doncs la va treure. És a dir: es va llançar a l'aigua per no ser vist i va nedar fins a la nau. S'hi va enfilar per la corda de l'àncora i va penetrar-hi d'amagat. Es va omplir les butxaques de més medalles i de més monedes. Va calar foc a la santabàrbara i es va llançar de cap a l'aigua.

Al cap d'uns instants arribava a les roques de la costa en calçotets i desesperat. Resulta que com que s'havia omplert les butxaques d'aquella manera tan exagerada, quan es va llançar al mar se'n va anar directe al fons. I per no entretenir-se buidant-se les butxaques, es va haver de treure les calces per poder pujar cap a la superfície a respirar una mica.

Va estar malalt dos dies. No es treia del cap que allà, sota les aigües del port, hagués hagut d'abandonar els seus pantalons plens de monedes i medalles.

17

SE'N VAN

Don Hernando de la Fuensanta y de Somoza va haver d'acceptar les condicions de rendició que li imposaven els pirates. Quina altra cosa podia fer, si l'assalt a l'illa havia fracassat? Ell mateix havia quedat assetjat amb els seus homes en el port mateix, sense queviures i amb poques possibilitats d'escapar-se. A més a més, havia perdut dues caravel·les i dos-cents cinquanta soldats.

Va comprendre que en aquell moment la sort no li era favorable i que si volia sobreviure i intentar guanyar en una altra ocasió, ara calia cedir.

L'esquadra va partir l'endemà al matí.

A l'illa tot eren rialles i abraçades.

Havien guanyat totalment. Els indis van estar tres dies celebrant la victòria. Per fi, ells, el poble humiliat i anihilat, havien pogut ensenyar les dents als seus botxins. I l'oüycou va córrer abundant per les panxes i els cervells.

De mica en mica el poble carib es va anar refent de totes les calamitats que havia viscut.

Ala de Corb, però, no els deixava endormiscar. Els va fer reconstruir totes les posicions defensives que havien quedat afectades pel combat i els va fer treballar nit i dia fins a convertir tota l'illa en una autèntica trampa de rases, pous, llaços, muralles, trinxeres i paranys.

Tan de pressa com van poder, aprofitant les eines i la fusta de l'illa, els pirates van construir-se una embarcació per sortir del pas, i van batejar-la amb el nom de *Dragonereta*.

Quan els va ser possible, Ala de Corb i els seus van fer algunes sortides per mar per comprar pólvora i canons als anglesos (tenien prou or per pagar). I van convertir l'illa en un baluard inexpugnable, com una segona Tortuga enmig del mar de les Antilles.

Per això, quan Don Hernando va tornar, perquè naturalment va tornar, al davant d'una esquadra de vuit vaixells armats, tampoc no va aconseguir conquerir l'illa.

Ni aquella vegada ni l'altra ni l'altra... Ni ell, ni els altres governadors que van venir després.

EPÍLEG

Perquè els anys van anar passant i Don Hernando de la Fuensanta va ser substituït per altres governadors.

I Ala de Corb i Doña María van tenir una nena, a qui van posar de nom Aurina, que en llengua carib volia dir Onada. I que quan va ser gran també va voler ser pirata com el seu pare. I va canviar el seu nom pel d'Ona de Foc i...

I els temps van anar canviant.

Els descendents d'aquells indis caribs, els últims d'aquelles illes, d'aquells pocs guineans arrencats com a esclaus de l'oest d'Àfrica, i d'aquell grup de lladres i aventurers, van formar un sol poble.

Un poble que va saber adaptar-se als temps i pactar ara amb els uns, ara amb els altres, per mantenir la seva independència.

I el temps de la pirateria va anar passant. Per això grans extensions de l'illa van ser plantades de canya de sucre, que va acabar comprant l'empresa Antillan Sugar Company.

L'illa va acabar canviant de nom per anomenar-se finalment Island of Sugar o Sugarland. I els Estats Units d'Amèrica hi van exercir una mena de protectorat, que en el fons no era sinó una mena de neocolonialisme econòmic.

Però al capdavall, l'antiga illa de Kaundotan, que els espanyols, a causa de l'or que hi van trobar, van anomenar Las Doradas, i els nord-americans Sugarland, va mantenir d'una manera o altra la seva independència fins als nostres dies.

Ara és un dels estats més petits del món. I un centre de turisme de primera importància. Els habitants originals són d'una gran bellesa, i conserven uns trets facials característics de la barreja dels primitius indis caribs amb els guineans i amb els europeus. Encara que cada cop és més difícil de distingir-los, perquè al llarg de tot aquest segle són moltes les persones que, provinents de les mateixes illes del voltant o fins i tot d'altres punts del planeta, s'hi han instal·lat per viure i s'han fos amb ells.

Sugarland deu tenir ara uns vint-i-cinc mil habitants. Que pocs, oi? I si agafeu un atles on surti el mar de les Antilles, veureu que es troba a la cadena de les Petites Antilles, entre les Antilles Holandeses i les illes Verges... No ho trobeu? És que és una illa tan petita... Tot i amb això és una gran productora de cafè, cacau, i no cal dir, de sucre, que li ha donat el nom.

Però en aquests moments la seva principal font d'ingressos és el turisme, que visita bocabadat la resta de les antigues construccions de defensa que els antics habitants de l'illa van haver de construir al segle XVII per defensar-se dels colonitzadors. Quanta feina i quant d'esforç que han de fer de vegades els petits pobles per mantenir la seva llibertat...!

Un altre dels indrets d'interès que visiten sempre els turistes és l'antic emplaçament del principal poblat dels indis. Hi ha una part de l'estacada de protecció i dues cabanes reconstruïdes, més o menys com eren abans, perquè els visitants puguin retratar-les. Però el que crida més l'atenció són aquelles grans estàtues de pedra erigides als déus llibertadors, on hi ha representades dinou figures humanes amb estranyes vestimentes. Al mig, però, n'hi ha dues que es veu perfectament que són un home i una dona que aixequen una mà en senyal de pau. Els guies turístics sempre diuen que corresponen a un pirata molt famós i la seva dama, que van ser els que van alliberar els indis de l'esclavatge. I tothom els fa moltes fotografies.

El que no s'ha trobat mai més és cap vestigi de la mina d'or. I això que més de quatre l'han buscada.

Sí, la llegenda diu..., però les llegendes diuen tantes coses! I si alguna vegada algú de fora ha preguntat a algun dels habitants de Sugarland sobre aquella mina d'or que diuen que els espanyols explotaven, ells, els actuals habitants de Sugarland, sempre es posen a riure i li diuen que el millor tresor que tenen en aquella illa és aquell clima i aquella pau, i que duri.

Ara fa uns trenta anys, però, un aventurer nord-americà anomenat Jackobson, va ser trobat completament borratxo en el fons d'una barca del port amb un document a la mà. I enmig del seu deliri anava dient que la mina existia i que ell l'havia trobada. Que tot i que els antics indígenes havien mogut terres i n'havien esborrat totes les entrades, perquè mai ningú no la descobrís, ell l'havia trobada. Que era immensa. I que la cosa més sorprenent era que en el seu interior hi havia unes petites sales excavades a la roca amb les parets d'or, i a terra, en el centre, hi havia uns cadàvers momificats, vestits amb roba de mariners del segle XVII. I ensenyava a tothom el paper que havia trobat en un petit cofre al costat de les mòmies.

Aquest document escrit en francès començava així: «George Harret, conegut per Fetge de Rajada, nascut a l'illa de La Tortuga, no se sap l'any, mort de vell a Kaundotan el 1695. A tu, amic, que tota la vida vas somiar trobar un tresor en una illa, descansa en pau en aquesta illa d'or. Signat: Ona de Foc.» A continuació hi havia una llista de divuit noms més, amb dates i dedicatòries semblants. Una deia: «A Jacques Lagarden, àlies Ala de Corb. A vós, murri, aventurer, lladregot, pirata, estimat pare meu, que em vau ensenyar a estimar el mar i l'aventura i a lluitar pel tresor de la llibertat contra els que eren infinitament més lladres que vós. Les Antilles 1660 – Europa 1714.» I un altre nom que deia: «A Doña María Íñigo Medellín. Sevilla 1663 – Kaundotan 1730. Vós, mare, que em vau ensenyar que totes les persones són iguals i tenen els mateixos drets. Ja sé que no ambicionàveu cap tresor ni res d'això, però m'ha sabut greu no enterrar-vos al costat de l'home que vau estimar tant. La vostra filla Ona de Foc.»

Però quan algunes persones van anar a escorcollar l'indret que aquell borratxo els indicava, no van saber trobar res. I el borratxo i el document van desaparèixer misteriosament.

Índex